Les bons, les taupes et le truand

Jean-Claude Deffet devant ses juges

© Now Future Éditions ASBL, 2018
Rue Natalis 2
4020 Liège
N° d'entreprise : BE869.508.790
https://nowfuture-editions.com
info@nowfuture-editions.com
manuscrits@nowfuture-editions.com

ISBN 978-2-930940-13-7 (livre de papier)
ISBN 978-2-930940-14-4 (livre électronique)
Dépôt légal (à la bibliothèque royale Albert Ier à Bruxelles) :
D/2018/13.825/2.

Coordination éditoriale : Patrick Bartholomé et Wendy Nève
Photos (couverture et pages intérieures) : Alain Rolland (www.imagebuzz.be)
Maquette : Carine Thurion (www.edition-saisie.be)
Couverture : Mélanie Henfling
Photos d'archives privées : Jean-Claude Deffet et Jocelyne Meganck

Imprimé à Liège (Belgique) en mai 2018, par SNEL SA sur papier FSC

Tous droits réservés pour tous pays.
Il est interdit, sauf accord préalable et écrit de l'éditeur, de reproduire
(notamment par photocopie ou numérisation) partiellement ou totalement
le présent ouvrage, de le stocker dans une banque de données ou de le communiquer
au public, sous quelque forme et de quelque manière que ce soit.

Alessandra **d'Angelo**

Les bons, les taupes et le truand

Jean-Claude Deffet devant ses juges

Des guerres de gangs aux « truands hybrides »

Sommaire

Liminaire
L'enjeu : gagner ou perdre 9

Préface 13

Avant-propos 17

Bon sang peut mentir 21

Le Code de l'honneur 28

Les Tontons flingueurs 32

Escrocs de voyous 36

Les Bonnie and Clyde de Couillet 43

Le vrai-faux hold-up 48

Un suicidé coriace 53

Un animal dangereux 56

Le meurtre de Falaën 60

Une cavale chaotique 62

Reddition 70

Trou noir **74**

Jocelyne **79**

Humour cruel **85**

Opération *Undercover* **89**

Infiltrations et provocations **96**

Bavures et violences policières **103**

Bandes urbaines **108**

Poreuses frontières **113**

Virtual « *Licence to kill* » **117**

Profilage prédictif **122**

Repentis et délations **126**

Des techniques de casse révolues **130**

Un business juteux **134**

L'âge de pierre de la moralité **140**

Épilogue
Le trouble attrait du crime **145**

Postface **149**

Sources et entretiens **153**

Liminaire
L'enjeu : gagner ou perdre

Flics, voyous, balances, l'évolution du grand banditisme se cristallise sur un truel[1] caricatural. Roulette russe, les enjeux sont partisans. Rivalités, connivences, corruptions, les ficelles se tirent, se font et se défont dans un équilibre fragile qui confine constamment aux limites. Entre justice, justesse et loyauté, en ligne de mire, un risque latent : la mort en face.

Énigme :

Le Bon, la Brute et le Truand se battent en truel au revolver. Ils ont tiré au sort l'ordre dans lequel chacun va tirer, une seule balle à la fois : le Bon tirera en premier, puis le Truand, puis la Brute. Puis le tour reprendra dans le même ordre, jusqu'à ce qu'il n'y ait qu'un survivant.

Le Bon ne tire pas très bien. Il n'atteint sa cible qu'une fois sur trois. Le Truand tire un peu mieux que lui : il touche sa cible une fois sur deux. La Brute est un tueur professionnel qui ne manque jamais sa cible.

Chacun est au courant des performances des autres.

Au signal, le truel commence.

Le Bon lève son revolver et tire en l'air.

Pourquoi ?

---

1. Le truel est une forme très rare de duel à trois, connue surtout par le truel final du film *Le Bon, la Brute et le Truand*.

Réponse :

1) Si le Bon tire sur le Truand, il a une chance sur trois de réussir à le tuer.
    - S'il y réussit, l'affrontement devient un duel entre la Brute et le Bon. Ce sera à la Brute de tirer et il ne rate jamais son coup. **Le Bon est sûr de mourir.**
    - Si le Bon rate son coup, alors ce sera au tour du Truand de tirer. Si le Truand tire sur le Bon, qu'il le tue ou non, ce sera à la Brute de tirer et le Truand n'a aucune chance de s'en sortir vivant. **Donc le Bon sait que le Truand l'épargnera au premier tour.**

2) Si le Bon tire sur la Brute, toujours avec une chance sur trois de réussir,
    - et qu'il le tue, alors c'est au Truand de tirer, donc **le Bon a une chance sur deux de mourir** ;
    - et qu'il le rate, le Truand tirera obligatoirement sur la Brute, et ici aussi **le Bon sera épargné au premier tour**. Quel que soit le résultat du tir du Truand, le Bon aura donc **une seconde occasion** de tirer :
        – Si le Truand rate son coup, le Bon ne risque rien car la Brute aura tout intérêt à tuer d'abord le Truand : la Brute sait qu'il risque plus de mourir (une chance sur deux) s'il laisse le Truand en vie que s'il laisse le Bon en vie (une chance sur trois). Donc, si le Truand rate la Brute, le Truand mourra nécessairement et ce sera au tour du Bon de tirer.
        – Si le Truand tue la Brute, ce sera aussi au Bon de tirer et il aura **une chance sur trois d'éliminer le Truand**, puis quand le Truand tirera, le Bon aura encore **une chance sur deux de survivre et de tirer une troisième fois.**

Il est donc impératif que le Bon laisse le Truand en vie pour le laisser tirer sur la Brute.

Il est impératif que le Bon laisse la Brute en vie pour attirer la balle du Truand.

Donc pour ne blesser personne, le Bon tire en l'air...

> « Tu vois, le monde se divise en deux catégories,
> Ceux qui ont un pistolet chargé et ceux qui creusent »
> (Le Bon, la Brute et le Truand)[1]

---

1. « Le Bon, la Brute et le Truand » est un film germano-hispano-italo-américain réalisé par Sergio Leone et sorti en 1966. Parmi les plus célèbres westerns de l'histoire du cinéma, il est considéré comme la quintessence du style « western spaghetti ».

Préface

Par Me Étienne Gras,
avocat pénaliste au Barreau de Charleroi

Un livre sur les gangsters, un gangster, le milieu, un de plus ? Certainement pas : l'auteur, Alessandra d'Angelo n'entend ni glorifier le banditisme, ni les hommes qui en font partie.

En revanche, il n'était pas inutile de faire une sorte d'état de la délinquance, d'une part en décrivant son évolution de manière vivante et d'autre part en suivant le parcours d'un homme atypique et attachant, qui, s'il mérite sans aucun doute un livre, mériterait un film.

Évolution du crime, ou plutôt évolutions des valeurs qui sous-tendent ce qu'est un voyou, le fonctionnement de ce qu'était le « milieu ». Force est de constater que les temps changent, les valeurs aussi. Ne parlons pas de leur respect... Vont-elles finalement totalement s'estomper ? Pourquoi la manière de délinquer ferait-elle exception à l'évolution générale de la société ? Pour quelle raison les bandits seraient-ils les seuls à garder un code d'honneur, à suivre des règles strictes telles que l'abnégation pour protéger les autres, purger seul une peine de prison alors que d'autres auteurs restent libres de leurs mouvements ? Cet ouvrage tend à chercher des explications et donner des exemples qui permettent d'entrevoir les délinquants d'aujourd'hui et leur mode de fonctionnement.

S'il fallait un homme illustrant le mode de fonctionnement « à l'ancienne », qui mieux que Jean-Claude Deffet pouvait l'illustrer ? Un garçon que rien ne prédestinait au crime, si ce n'est lui-même et sa personnalité. Un enfant dont rapidement on a pu dire qu'il était turbulent, réfractaire à l'autorité et peut-être qu'un jour il tournerait mal. Indépendant, frondeur, irrespectueux des règles sociétales, et pour qui l'autorité n'était qu'une vague notion. Cependant, garçon attachant n'ayant pas du tout ce que l'on qualifie de « mauvais fond », non simplement un affamé de liberté qui jamais n'atteint la satiété. Ces traits de personnalité et la nature du personnage permettent au lecteur de comprendre non pas pourquoi mais comment on devient truand, ce qui amène à la transgression, les petits épisodes de vie qui font tout basculer. Chaque histoire de vie est évidemment bien différente, celle-ci est trépidante, presque romanesque. On suit ce parcours comme un roman de fiction tant les rebondissements sont nombreux, les actes insensés, empreints de courage et de lâcheté, mais des actes qui sont tous sous-tendus par cette valeur qui guide les pas de Deffet : la liberté.

Mais ne rêvez pas, cette vie n'est pas un conte de fées moderne, foin de Maurice Leblanc, Lupin ne joue pas dans cette partie. On ne déambule pas de nuit en smoking, canne à pommeau nacré à la main. Que du contraire, les moments sordides sont nombreux, les cavales ne se font pas aux antipodes sous des cocotiers et agrémentées de cocktails aux couleurs vives. Non, la cavale c'est à la rude, tantôt dans une grotte, tantôt dans un bois. La cavale pour Jean-Claude n'est pas la recherche du luxe ou du confort mais seulement une manière de garder sa liberté ou à tout le moins une illusion de liberté.

Comme souvent, lorsqu'un truand nargue les autorités ou les met en échec les conséquences sont importantes. On a voulu la peau de Deffet, ne fallait-il pas tirer à vue ? C'est d'ailleurs la raison du surnom de « Mesrine de Châtelet » dont il fut affublé. En toute hypothèse, la chasse était ouverte tant au propre qu'au figuré.

Lorsque cette époque troublée se termina c'est plus insidieusement que la traque se poursuivit, le but recherché était alors de l'amener au faux pas pour le ramener à la case prison. Les moyens mis en œuvre vous sont expliqués ; c'est un euphémisme de dire que les choses n'ont pas été faites à moitié : infiltration, moyens financiers importants, etc. Tout ça pour rien, tout cet argent pour rien, tout ce temps pour rien, si ce n'est pour permettre à ce trublion d'une dernière fois moquer les forces de l'ordre.

J'ai rencontré Jean-Claude Deffet au début de ma carrière. Ayant défendu une de ses connaissances avec fruit, celui-ci m'a consulté. À titre personnel il était mon premier « gros client », le dossier était intéressant, mon taux d'adrénaline montait : du grand banditisme !

À nouveau évitons les poncifs du genre « on s'est compris au premier regard, à la première poignée de main ». Bien sûr que non, il fallait faire ses preuves. Il faut gagner la confiance, ce qui n'est pas une mince affaire avec des gens dont la méfiance est la meilleure défense. Cette confiance elle se construit dans un respect mutuel c'est-à-dire d'un côté le respect de l'homme et de l'autre le respect du travail. À cette époque, le client écoutait son avocat car il laissait faire le professionnel. De l'autre côté il convenait de se montrer digne de ces marques de confiance. C'était un bel équilibre, il n'en fut pas autrement avec Jean-Claude Deffet.

La relation a donc évolué, tout d'abord des défenses à répétition pour nettoyer le passé, ce qui ne fut pas une mince affaire. Ensuite la dernière tentative de le « faire tomber » qui échoue suite à une longue infiltration, des perquisitions, une ultime mais brève incarcération, le procès avec le résultat escompté.

Enfin une relation plus amicale est née dans laquelle nous nous rencontrons régulièrement pour l'aider dans les problèmes du quotidien. Nous en profitons pour entretenir de longues discussions (enfin c'est lui qui parle) sur ce qui pourrait être le bon vieux temps. Ses visites se font avec Jocelyne, sa compagne, LA compagne devrais-je écrire, sorte de métronome humain de Jean-Claude. Seule capable de canaliser cette grande gueule, de lui éviter les ennuis, de le conseiller. La femme qui est indispensable à Jean-Claude, qui ne l'a jamais trahi.

Dans cette relation maintenant vieille de deux décennies, le fait que Jean-Claude fasse l'objet d'un ouvrage n'a pas été une surprise. Après qu'il soit apparu dans une émission télévisée, il convenait de coucher sur papier cette vie dont l'intérêt est tant général que particulier. Général pour comprendre ce qu'était l'honneur, les codes et les valeurs de ces voyous et particulier pour l'intérêt tout littéraire de la vie de ce bandit dont le mot le qualifiant le mieux reste « attachant ».

Avant-propos

Dans les années septante, Jean-Claude Deffet, surnommé le « Mesrine de Châtelet », sera considéré comme l'ennemi public n° 1 en Belgique. Braqueur maintes fois recherché par la police, en 2005, soupçonné d'être impliqué dans un vaste trafic d'armes, il fera l'objet d'une infiltration policière d'envergure.

Dérives d'une enquête qui veut aboutir à ses fins, les perquisitions réalisées ne donneront rien ou si peu : quelques armes à feu et des munitions, certainement pas l'arsenal tant attendu par les enquêteurs. Mise sur écoutes, planques, filatures, malgré la panoplie de moyens logistiques et financiers mobilisés, le multirécidiviste ne tombe pas. Faites entrer l'accusé, faites sortir l'acquitté. Le vieux truand coriace est judiciairement blanchi.

Vols à mains armées, cavales, incarcérations, évasions, le casier judiciaire du hors-la-loi parle de lui-même. Malgré plus d'un mètre cinquante de PV judiciaires illustrant son éloquent passé, le mystère autour du personnage reste aujourd'hui entier. Qui est en définitive cette « grande gueule » ? Un petit magouilleur de seconde zone ou un trafiquant d'armes rusé, fournisseur du grand banditisme « carolo » ? Un personnage folklorique à la gouaille évidente ou le Barracuda[1] belge ? Les yeux gris métalliques, le nez bosselé des bagarreurs, les cheveux longs portés en catogan et le sourire moqueur, l'homme porte un récit dont les détails corrosifs naviguent volontairement en eaux troubles.

Une constante : épris d'action et d'aventure, il ne regrette rien. Tatouages-étiquettes témoins de son vécu, et quincailleries rutilantes autour du cou, le vieux loup est fier d'appartenir à une époque révolue de gangsters. Celle des attaques de fourgons blindés et des hold-up, mais aussi celle d'un milieu[2]. Des bandits, certes, mais qui avaient leurs propres codes de l'honneur, leur loi du silence et leurs diktats, non négociables en termes de trahison. Des Patrick Haemers, Marcel Habran et Alexandre Varga qui travaillaient en équipes hiérarchisées et s'éliminaient « proprement » entre eux, si un règlement de compte s'imposait.

Évolution des mœurs, cette géopolitique du « crime organisé » a aujourd'hui adopté un autre visage. La relève a supplanté, dans sa méthodologie, le « milieu » dit traditionnel. Après un demi-siècle de règne, mutation à trois-cent-soixante degrés, les malfrats à l'ancienne ont fait place à une « Génération Kalachnikov »[3].

Le banditisme réinventé mûrit à l'ombre des quartiers défavorisés. Les caïds des cités sont plus violents, plus déterminés. La petite épicerie artisanale a fait place au supermarché du crime. La démocratisation des trafics en tous genres a élargi le cercle. Les nouveaux délinquants dégoupillent vite et tirent en

---

1. Sur petit et grand écran, Mister T, alias « Barracuda », a été la figure emblématique d'une des séries les plus populaires des années 80, « L'agence tous risques ».
2. Le terme « milieu » (de l'occitan – et du wallon – mitan), utilisé de 1920 à 1970, dit aussi « haute-pègre » (au XIXe siècle) ou « grand banditisme » (actuel), est l'appellation donnée au crime organisé.
3. *Génération Kalachnikov, les nouveaux gangsters*, Frédéric Ploquin, Éditions Fayard, 2014.

rafales. « *Go fasters* »[1] en termes de bénéfices à engranger, ces « bling-bling » de la casse agissent dans la désorganisation. Plus spectaculaire, banditisme et djihadisme s'entremêlent. Les deux voies de déviance se croisent et s'alimentent. Lorsqu'ils sont endoctrinés, les délinquants paient, avec le fruit de leurs méfaits, leur dîme à des réseaux terroristes.

Cyber-actifs, ces néo-bandits maîtrisent parfaitement, par essence, les technologies virtuelles. Nouvelle acception du caïdat, la prison est considérée comme accident de travail et mise au placard. Les règles du jeu, lorsqu'il est échec, ont changé. Pour sauver sa peau, la délation a remplacé l'« Honneur du Dragon »[2]. Quel commando prendrait encore d'assaut, de manière spectaculaire, un établissement pénitentiaire pour venir sauver son chef de bande ? Plus de fidèles lieutenants.

Appétence de l'immédiateté, le phénomène du « *Zapping connection* »[3] impacte aussi le champ du hors-la-loi. La mauvaise herbe s'arrache de l'ombre individuellement, négocie, change de camp. C'est la démerde. Exit les « Sopranos »[4], plus de sang à vouloir verser pour le clan. Oubli de ce qui a été, effacement de toute continuité, le « mauvais garçon » est d'un genre nouveau, sectionné de ses racines ancestrales.

---

1. Le terme « *go fast* » (« aller vite ») vient d'une technique appliquée par les trafiquants équipés d'embarcations très puissantes et rapides, les *go-fast boats*, pour acheminer vite et discrètement la cocaïne d'Amérique du Sud vers les États-Unis. Le procédé s'est étendu en Méditerranée pour acheminer vers l'Europe la résine de cannabis en provenance d'Afrique du Nord, mais aussi des cigarettes de contrebande, voire du trafic d'êtres humains. Les enquêtes menées dans les années 2010 ont mis au jour une nouvelle technique qui a été surnommée « go slow ». Le transport des produits stupéfiants s'effectue alors par des routes secondaires. Ici, le temps n'est pas primordial, l'important étant d'éviter les contrôles.
2. *L'Honneur du dragon* (*Tom-Yum-Goong* en version originale) est un film thaïlandais réalisé par Prachya Pinkaew et sorti le 8 février 2006.
3. *Zapping Connection*, Éric de Ficquelmont, Éditions Timée, 2011.
4. Diffusé de 1999 à 2007, « The Sopranos » est une série télévisée dramatique américaine qui relate la vie criminelle du mafieux Tony Soprano et de l'organisation criminelle qu'il dirige.

Scorsese et ses *Goodfellas*[1], Coppola et son *Parrain*[2], peu de vestiges des « anciens » sur la toile. Ils ont sévi avant l'avènement du réseau. Les vrais voyous, portés à l'écran par Jean Gabin et Lino Ventura, n'ont plus d'immortel à livrer que leurs méfaits passés empoussiérant les étagères, lustrées par le temps, des greffes judiciaires.

Témoin de l'existence de ces grandes familles de truands éteintes, Jean-Claude Deffet est indubitablement l'un des derniers « Mohicans »[3]. Il aura passé plus d'une quinzaine d'années derrière les barreaux, aux côtés des plus grands malfaiteurs. À travers son histoire dans ces lignes, c'est un fragment d'histoire, cinq décennies de « grand banditisme », qui imprime une trace.

Alessandra d'Angelo

---

1. *Les Affranchis* (*Goodfellas*) est un film de Martin Scorsese, sorti en 1990. Il raconte l'histoire vraie de Henry Hill, associé à la famille Lucchese, une des cinq grandes familles criminelles qui sévirent à New-York dès 1917.

2. Adaptation du roman éponyme de Mario Puzo, *Le Parrain* est un film américain réalisé par Francis Ford Coppola en 1972.

3. *Le Dernier des Mohicans* (*The Last of the Mohicans*) est un film américain réalisé par Michael Mann, sorti en 1992. C'est l'adaptation cinématographique du roman éponyme de James Fenimore Cooper, publié en 1826. *Le Dernier des Mohicans* est une méditation nostalgique sur la disparition des Amérindiens, tout en étant une annonce de la naissance des États-Unis. Il eut un énorme retentissement en Europe, dès sa publication, comme en avaient les romans contemporains de Walter Scott. Dans le langage courant, il symbolise la fin d'une époque qui laisse place à une autre.

Bon sang peut mentir

28 janvier 1947, Châtelet – un bambin frêle aux yeux bleus naît dans une famille modeste du Hainaut. Il est le deuxième né d'une fratrie qui comptera quatre enfants, deux filles et deux garçons. L'accouchement se déroule rapidement, à la maison, comme il est de coutume dans la plupart des ménages au sortir de la guerre. En quelques heures, la sage-femme appelée au chevet de l'accouchante accompagne la naissance. Fragile toute-puissance, le premier cri oxygénant est poussé. Jean-Claude vient de faire son entrée dans la vie. Moment présent parfait. La maison s'enorgueillit et la mère de famille s'en retourne à son ménage. Point de répit.

Fleuron pour les habitants, si le peintre René Magritte a passé une partie de son adolescence dans la petite ville, les Châtelettains[1] n'y mènent cependant pas grand train et certainement pas vie de château. Configuration ouvrière, c'est dans un Pays Noir, marqué par l'exploitation minière du bassin

---

1. Châtelet (en wallon *Tcheslet*) est une ville de Belgique située en Région wallonne, dans la province de Hainaut. Depuis la fusion des communes en 1977, la ville de Châtelet regroupe Bouffioulx, Châtelet et Châtelineau. Toutefois, les identités propres à ces trois communes sont restées importantes. Il est donc fréquent d'entendre les gentilés respectifs : Buffaloniens, Châtelettain et Castelinois.

Jean-Claude Deffet à 8 ans – Première communion, 1955.

Jean-Claude Deffet à 14 ans – Au travail sur un chantier avec son père, 1961.

Jean-Claude Deffet à 33 ans – Alost, 1980.

Jean-Claude Deffet à 34 ans – À la maternité lors de la naissance de sa fille Cindy, 1981.

Jocelyne Meganck et son père au baptême de Cindy, la fille qu'elle a eue avec Jean-Claude Deffet, 1981.

Jocelyne Meganck, Jean-Claude Deffet et leurs filles à Alost, 1981.

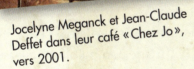

Jocelyne Meganck et Jean-Claude Deffet dans leur café « Chez Jo », vers 2001.

Jean-Claude Deffet à 65 ans, 2012.

Jocelyne Meganck et Jean-Claude Deffet, 2016.

houilleux, avec pour seules perspectives la poterie, le travail du fer et la verrerie, que grandit le petit Jean-Claude. Les parents, unis depuis leurs dix-huit ans à peine, sont très aimants. Le foyer est heureux et sans histoires, ou presque...

Dès son plus jeune âge, l'enfant au caractère affirmé ne tient pas en place. À l'inverse de ses frères et sœurs, Jean-Claude est turbulent. Impertinent, il n'écoute personne. Rapidement, le modeste logis qui abrite ses premières années semble trop étriqué pour contenir ses bêtises. À l'école, c'est sous les coups de règle de monsieur Jacquet qu'il grandit. Dans la cour de récréation, la culotte courte ne manque pas une occasion de se battre. Il affiche sa domination. Par la force s'il le faut, il rackette les plus jeunes. Un coup de canif volontaire, planté dans le genou d'un gamin estimé contrariant fera dire à ses proches, qu'« il ressemble déjà à l'oncle C. », bagarreur notoire dans les environs de Pont-de-Loup. Naïve tendresse...

La pédagogie d'Ignace de Loyola n'inspire définitivement pas Jean-Claude. Chez les jésuites, son indiscipline ne passe plus. Ses parents tentent de poursuivre l'instruction de leur rejeton dans une école communale, supposée moins rigide. Mais la soumission au règlement d'ordre intérieur n'est toujours pas sa priorité. D'effronteries en effronteries, il affirme son insolence. À quatorze ans, il détient sa première arme de poing, un revolver Wembley de facture anglaise. Aimant à farfouiller là où il n'y est pas invité, summum du paradoxe, c'est dans les caves d'une maison qui accueille des activités de patronage paroissial qu'il fait sa précieuse découverte. Premiers émois. L'interdit suscite le frisson. Il faut l'affirmer ! Le lendemain matin, espérant se couvrir de gloire, il décide de franchir la porte de son établissement scolaire l'arme à la ceinture et le torse bombé. À peine installé dans sa classe de cours, le revolver, qu'il ne pensait pas être chargé, tombe sur son chien. Une balle percute le plafond et manque de justesse d'atteindre mortellement un élève. L'enfant est touché à l'oreille. Direction alertée et parents convoqués, Jean-Claude est exclu.

Jean-Claude ainsi déscolarisé, son père lui pose un ultimatum : « Si les études ne te conviennent pas, tu iras travailler ! » Soudeur, menuisier, toutes les tentatives de mise sur un rail sont avortées. Le jeune garçon ne supporte pas l'autorité. Travailler ? Se fatiguer pour une misérable obole ? Il n'en veut pas ! Ce sera sans lui !

Le premier contact avec une arme lui a laissé un souvenir indélébile. Il est de plus en plus intrigué par elles. Jean-Claude le terrible passe le plus clair son temps à traîner chez les ferrailleurs de la région. Le Mauser, l'arme réglementaire des troupes allemandes pendant la seconde guerre mondiale, a toutes ses faveurs. Il déniche des pièces détachées et parvient à remettre ses trouvailles en état de marche. Côté vestimentaire, son fournisseur attitré est un stock américain. Les tenues militaires qui s'offrent à ses yeux sont les seules qu'il enfile. Il rêve d'indépendance, de grands chemins, hors sentiers battus. Aventures et *suspense*, il se projette.

À l'aube de ses quinze ans, l'adolescent contestataire est envoyé chez sa grand-mère maternelle. Il lui voue une affection toute particulière. Clémentine est une femme de poigne. Elle saura le tenir ! La mamy gâteau ne fait pas dans la dentelle : elle tient deux maisons de passe. Mis à contribution, le travail de Jean-Claude consiste à monter les bassines d'eau aux filles pour qu'elles puissent se laver. Derrière le bar, la mère maquerelle prépare les portefeuilles avec les fonds de caisses. Chacune le sien. Les sous sont comptés. Elle veille au grain, celui de son petit-fils en ce compris. « Auguste, il est temps de décapoter le gamin ! », lance-t-elle un soir à papy. Jean-Claude connaît sa première fille et ses joies, Florence, dans le lupanar familial. Une jeune femme « bien fournie en marchandise » de son propre souvenir. Le jeune gamin dépucelé voit des étoiles. Il se croit « tout-puissant ».

Après quelques semaines de boudoir, froufrous et crinolines ont lassé. Jean-Claude réintégré le domicile parental. Profiter des siens est son activité journalière principale. « Je ne manque de rien. Vélomoteur, argent de poche, mon père et ma mère se plient en quatre pour me satisfaire. Ce sont des gens bons. Je ne fais juste rien de bon ».

Entre petits larcins et mauvaises fréquentations, à seize ans, la délinquance s'installe. « Si tu continues à fréquenter des détenteurs d'armes, tu vas finir pas avoir des problèmes », lui rabâche inlassablement son père inquiet. Insoumis, le frondeur persiste et signe. « La castagne était mon adrénaline. Je ne supportais ni questions ni contraintes. J'aimais dominer, la bagarre et les coups foireux, c'est tout ! »

Jean-Claude vient d'avoir dix-huit ans. Il est le désespoir de ses proches. L'une de ses sœurs tente de le responsabiliser. Le jeune homme est censé aller récupérer de la marchandise auprès d'un entrepreneur grossiste. Le matériel commandé est destiné à finaliser urgemment des travaux en cours dans la boucherie de son mari. Cent mille francs belges d'économies, le fruit d'un dur labeur, lui sont confiés. Sans scrupules, le frère malhonnête détourne l'argent confié et s'en va mener grand train à Londres. À contrecœur, pensant lui donner une bonne leçon, la jeune femme porte plainte. Peine perdue. Rien n'ébranle le fils Deffet.

Bon sang peut mentir. L'individu en devenir est à la croisée des chemins. Quand on goûte à l'ivresse du champagne, la limonade des gueux paraît irrémédiablement mièvre. À l'instar de Bruno Sulak[1], son parcours, il le désire hors normes. Par goût du risque et par défi, il sera définitivement « Cartouche »[2],

---

1. Bruno Sulak (1955-1985) est mort à Paris, lors d'une tentative d'évasion. Célèbre braqueur français, il est parfois comparé au personnage de roman Arsène Lupin, pour ses bonnes manières, son côté avenant, son audace et ses braquages sans violence physique. L'opinion publique des années 80 le hissera au rang de mythe : celui du bandit qui n'a pas de sang sur les mains.

2. Louis Dominique Garthausen, dit « Cartouche » (1693-1721) est un brigand et chef de bande ayant surtout sévi à Paris, durant la Régence de Philippe d'Orléans. Arrêté et condamné à mort à la suite de la dénonciation de l'un de ses comparses, il est soumis à la question, mais gardera le silence. Il meurt roué en Place de Grève. Le personnage de Cartouche, autour duquel sont venues se broder des légendes, souvent bienveillantes à son égard au

un homme de théâtre, le sien. Les tableaux, il va les mettre en scène et les jouer à sa guise. Quitte à faire la Une des manchettes et les gros titres, il sera le seul et unique « parrain » dans son fief.

---

point de faire de lui un héros, est évoqué dans différentes œuvres théâtrales et cinématographiques.

Le Code de l'honneur

Un homme en particulier, de huit ans son aîné, sera le mentor de Jean-Claude. André D. est grand, longiligne et porte invariablement chemises noires et longues vareuses militaires, les deux revers de col relevés. Le sens est clair. Il est leur chef, un des plus durs de Châtelet. De mauvais en très mauvais plans, ils traînent à plusieurs. Personne ne bronche. Tout le monde suit.

C'est sans doute la seule bonne chose qu'il aura faite dans sa vie, André D. vient de réussir son brevet de parachutiste. Dans l'enthousiasme de la bonne nouvelle à annoncer, il décide d'emmener toute sa bande chez son père. Joseph est connu dans le quartier pour ne pas être un homme des plus faciles. Obtus, il a des principes très carrés. Une règle est une règle, surtout si c'est lui qui l'édicte. Sa manière de gérer les conflits ? Par les armes s'il le faut. Dès l'embrasure de la porte, André D. désigne fièrement son avant-bras. Un écusson fraîchement apposé, représentant deux ailes, y brille de tout son éclat. Joseph ne sourcille pas. La réussite de son fils ne l'intéresse pas. Ce qu'il veut, c'est l'insigne des troupes aéroportées. Il l'exige. André D. s'y refuse. C'est le sien ! « Si tu ne me le donnes pas, je vais être obligé de te tuer », lui rétorque son père. Le sang de Jean-Claude, comme celui des autres gamins, se glace. Dans la pièce, instantanément, la tension est à son comble. André D. maintient son refus. Bertha, qui connaît son mari, implore déjà. Joseph charge alors calmement un Mauser et le pointe en direction de son fils. « Regarde-moi ! » seront ses derniers mots. Le coup est tiré à bout portant dans la tête. André D. s'écroule. Un cinglant « J'ai été obligé de le faire. Je n'ai qu'une parole » tombe. « J'aurais perdu mon autorité », dira le père aux gendarmes, les yeux embués de larmes.

Pour la première fois de sa vie, Jean-Claude croise la mort, par règlement de compte intrafamilial de surcroît. Première leçon tirée du Code de l'honneur[1] : être fidèle à la parole donnée. Joseph avait donné sa parole à son fils. À partir de ce jour fatidique, Deffet ne ravalera jamais la sienne. L'*omerta* est son plomb de scellés ! Garde le silence et le silence te gardera. « La façon est manichéenne de donner au mal un peu de grandeur »[2].

L'honneur de la chevalerie, celui des samouraïs, des yakuzas, des pirates, de la mafia, hormis ce qu'en donne à voir le cinéma, que sait-on au juste de l'honneur dans ces sociétés ? Initiations, interdictions, serments, un peu comme on entre en religion ; tacites, un ensemble de règles à respecter s'impose impérativement aux membres du groupe.

Chez les truands, ce qui différencie les braqueurs d'une simple bande criminelle est la hiérarchie. Dans l'équipe, au bas de l'échelle, on trouve les soldats. Les plus proches du « soleil » sont lieutenants, autorités incontestables. Les principes sont clairs. On se dévoue pour les siens. On ne trahit pas. On respecte les femmes et les enfants. L'entreprise familiale codifiée est presque « ordinaire »[3].

---

1. En Albanie, Sicile, Corse, Asie, de nombreuses sociétés secrètes criminelles ont des codes d'honneur. *Cosa Nostra* sicilienne, *Camorra* napolitaine, *'Ndrangheta* calabraise, *Yakuza* japonaise, *Triades* chinoises. Le non-respect des règles conduit à la *vendetta*.

2. *Parrains du siècle, destins et déclins*, Bruno Aubry, Éditions Express Roularta, 2011.

3. « À lumière de la théorie économique, le chef d'organisation mafieuse s'apparente, à bien des égards, à l'entrepreneur presque ordinaire » – In *Le monde des mafias. Géopolitique du crime organisé*, Jean-François Gayraud, Éditions Odile Jacob, 2005.

L'immeuble voisin du domicile de Jean-Claude Deffet est un restaurant, le « Don Camillo ». Cela ne s'invente pas. Sa retraite, il la passe dans une modeste maison ouvrière deux façades. Trois pièces en enfilade. Des canaris, un chat. Sur la tablette en marbre qui couvre le poêle à bois du salon, trônent des souvenirs. Jean-Claude, l'œil malicieux, se souvient. « Braquer, c'est un métier ! On ne s'improvise pas truand. Quand on sortait les armes, on savait qu'on allait être les maîtres du jeu. On intimidait, mais on travaillait correctement. Une règle, en cas de panique, on décroche ! Sauf à devoir se défendre, on ne tirait pas tous azimuts. Tuer était le dernier recours. On était des braqueurs, mais on avait du respect. C'était notre ADN. Ce milieu-là a disparu. Elle est morte cette époque avec ses règles et ses valeurs où régnait un certain ordre. Aujourd'hui, ils veulent courir avant d'apprendre à marcher ! Il faut du courage pour monter un braquage. Il n'en faut pas pour attendre une petite vieille au coin d'une rue et lui piquer son sac ! »

Depuis le début des années 2000, le milieu a volé en éclats. La pègre organisée est d'un autre âge. Les grandes figures du banditisme version *seventies* sont toutes tombées, incarcérées ou décédées. Concomitamment, la culture et les repères ont changé. Les « traditions » sont abandonnées au profit de la « compétitivité » d'un marché. Les bandes se constituent au coup par coup. Elles se défont au gré des intérêts volatils. Le comportement est anarchique et les humeurs changeantes. Frappée de sinistrose, la criminalité est à l'image de la société contemporaine : moins attachée aux valeurs ancestrales.

Avec cette nouvelle génération, Olivier Marchal[1], cet ancien flic reconverti dans le cinéma, l'affirme : « On est entré dans

---

1. Après avoir passé le concours d'inspecteur de police, Olivier Marchal intègre en 1980 la Brigade criminelle de Versailles, puis rejoint la section anti-terroriste. Chef d'une brigade de nuit au milieu des années 80, il suit parallèlement des cours de théâtre au conservatoire. Il quittera définitivement la police au début des années 90 pour embrasser une carrière d'acteur et de réalisateur. Il a créé pour la télévision les séries télévisées « Flics » et « Braquo ».

l'ère d'une voyoucratie crapuleuse et sans scrupules ». Dans une interview accordée en 2011 à l'occasion de la sortie de son film *Les Lyonnais*[1], il dira : « Ces mecs-là avaient des codes malgré tout. On ne fait pas de victimes innocentes, on évite les dommages collatéraux, on ne tire pas sur des flics (…) Pour toutes ces raisons, à l'époque, entre flics et voyous, c'était le respect. J'ai des souvenirs de gardes à vue avec des gars qui partaient pour dix ans. On leur faisait boire le whisky, on les faisait bouffer. C'était la dernière fois qu'ils allaient bien becqueter. Et ils nous écrivaient après. Ils nous envoyaient des cartes postales : "merci pour l'accueil". Le fric qu'on avait trouvé ? On en confisquait les deux tiers. On laissait un tiers à la famille, pour la femme et les enfants. Je ne voudrais pas être flic aujourd'hui. Il y a une telle montée de violence. On va vraiment se prendre le mur (…) »[2]

Parler du milieu, c'est désormais faire référence à un mythe. Les chefs de clan ont laissé la place au règne du chacun-pour-soi. Affrontements et règlements de compte, le moindre conflit se règle au calibre, la détente est sensible, les tortures infligées confinent à la violence sadique. On ne compte plus les prostituées battues à mort par leur souteneur et les injections forcées d'héroïne pure pour punir un passeur indélicat. Le crime désorganisé est devenu une forme de terrorisme narcissique sans idéologie.

---

1. *Les Lyonnais* est un film français réalisé par Olivier Marchal et sorti en 2001. Il s'inspire de l'histoire des véritables gangsters du gang des Lyonnais sévissant en France dans les années 70.
2. Extrait d'une interview d'Olivier Marchal accordée au journal *Le Point* le 25/11/2011. www.leprogres.fr/multimedia/2011/11/25/marchal-quand-j-etais-flic-les-voyous-avaient-un-code-de-l-honneur

Les Tontons flingueurs

Déstabilisés, les policiers le sont aussi dans leurs rangs. Pierre Folacci, ex n° 2 de l'antigang marseillais, la Brigade de Répression du Banditisme (BRB), raconte, dans *Condé, un flic à la PJ*[1], comment le métier a progressivement évolué. Analyses en laboratoire, relevés téléphoniques, scans de disques durs, enregistrements vidéo, les avancées de la technologie ont supplanté le flair et l'intuition. Transformant dans sa quintessence la fonction, les «Commissaires Maigret» ont laissé la place libre à une «geekisation» de la police judiciaire.

La science a pourtant ses limites. Pour démanteler les articulations internes de la pègre, «la Crime» n'a toujours pas trouvé mieux qu'un bon filon transmis par «Huggy, les bons tuyaux»[2]. L'indic, le tonton, le cafard, peu importe le sobriquet

---

1. *Condé, un flic à la PJ*, Pierre Folacci (en collaboration avec Jérôme Pierrat), Éditions La manufacture de livres, 2017.
2. Antonio Fargas est un acteur américain. Il est essentiellement connu pour le rôle de «Huggy les bons tuyaux» dans la série télévisée «Starsky et Hutch» (1975-1979). Il a aussi été, dans les années septante, une figure de la «blaxploitation», un courant culturel et social propre au cinéma américain qui a revalorisé l'image des Afro-Américains en les présentant dans des rôles dignes et de premier plan et non plus seulement dans des rôles secondaires.

dont on l'affuble, l'informateur[1] n'a historiquement pas de prix pour la police. Côté obscur de la force, derrière le « selon un renseignement anonyme » qui démarre une enquête, il y a une source humaine à mettre à l'abri de représailles éventuelles. « Balancer » est le crime suprême dans le milieu. Pour en faire tomber trois, il faut en protéger un. Le policier est l'assurance-vie de la taupe.

La qualité d'un mouchard croît à mesure que son casier judiciaire se développe. Plus l'affaire est importante, plus le trafiquant informateur est nécessairement élevé dans la hiérarchie de la voyoucratie. La relation est donc par essence transgressive. Dans un jeu du chat et de la souris, la séduction qu'il faut entretenir est permanente et contre nature. L'indicateur et son « officier traitant » forment un couple ambivalent, un « je t'aime, moins non plus » complexe. Ils parlent la même langue. Ils ont besoin l'un de l'autre, tout en étant ennemis. Gérer un informateur dans cette configuration n'a rien d'une sinécure. « Cocotte-minute », le rapport dominant-dominé ne doit pas s'inverser. Où, quand, comment, combien ? Ce sont les seuls éléments du scénario qu'un « tonton » doit apporter au flic.

Dans cette zone grise de compromission, les relations de copinage forcé entre les policiers et leurs indics s'apparentent à une forme de « Far West » toléré. Il est difficile d'appréhender comment se règlent, sous la table, les accords passés, empreints de tabous. Impunité, assouplissement du régime carcéral si la source se trouve derrière les barreaux : aucune règle particulière de commissionnement ne prévaut, comme toutes à la fois. Si, une peut-être, en matière de stupéfiants, la fameuse règle tacite des 10 %. L'indicateur est rétribué, en liquide ou en nature, à concurrence de 10 % des valeurs saisies : il livre un gros coup à cent kilos de drogues, il en reçoit dix. Autre option,

---

1. Comme *La Balance* de Bob Swaim (1982) ou *Le Cousin* d'Alain Corneau (1997), de très nombreux films policiers ont mis à l'écran des personnages d'indicateurs.

il prélève une partie de la marchandise avant l'intervention de la police et cette dernière ferme les yeux.

Depuis la loi du 6 janvier 2003 sur les méthodes particulières de recherche[1], ces pratiques sont désormais réprouvées. Les indicateurs de police sont encodés dans une banque de données nationale. Leur marge de manœuvre est quadrillée et des rémunérations officielles sont mises en place. Combien rapporte la délation ? Si la grille de calcul est confidentielle, il faut clairement mettre la main au portefeuille. Dans *Les Indics*[2], le journaliste Christophe Cornevin publie quelques chiffres français véhiculés dans les coulisses qui informent la République. En fonction de l'intérêt du renseignement fourni et de la qualité du résultat, les tarifs proposés iraient de cinquante euros pour une info sur un étranger en situation irrégulière à cinq mille, voire dix mille euros pour un gros trafic de drogue.

Les temps changent et les tontons aussi. Qui sont ces « balances version 2.0 » qui, à l'évidence, ne collaborent pas avec les services de police par simple souci citoyen ? Il y a ceux qui espèrent la clémence du tribunal dans leur affaire, ceux qui souhaitent un petit coup de pouce, comme un permis de séjour, ceux qui attendent une rémunération mais aussi, phénomène nouveau, ceux qui espèrent faire tomber un concurrent, particulièrement dans le registre des stupéfiants.

On n'attrape pas des mouches avec du vinaigre. Les balances interviennent dans 60 % à 70 % des gros dossiers de délinquance en col blanc, filières de trafic de drogue, prostitution,

---

1. « L'informateur est à distinguer de l'indicateur. Le premier n'entretient pas de relation avec le milieu et détient par hasard et de manière occasionnelle une information. Le second appartient au milieu criminel et communique de manière volontaire des informations sur le milieu » – Loi du 6 janvier 2003 concernant les méthodes particulières de recherche et quelques autres méthodes d'enquête, publiée au moniteur belge du 12 mai 2003, qui introduit un article 47 *decies* dans le Code d'instruction criminel.

2. *Les indics : plongée au cœur de cette France de l'ombre qui informe l'État* », Christophe Cornevin, Éditions Flammarion, 2011.

immigration clandestine, réseaux terroristes. Neuf affaires de drogue sur dix sont résolues grâce à des indics. Bémol, être informateur ne signifie pas bénéficier d'un passe-droit pour le crime. S'il est impliqué dans des affaires criminelles, aucune indulgence, le donneur n'échappera pas à la Justice.

Escrocs de voyous

En théorie, les limites sont claires, aucun cadeau. Et pourtant, recruter des indicateurs signe parfois le début des ennuis. La pratique se retrouve régulièrement au cœur de polémiques comme dans l'affaire sulfureuse du Carlton de Lille[1], l'affaire Neyret. Des fins limiers sont cités en Justice pour dérapage. Ils ont mis les mains dans le cambouis du milieu. Ils ont mordu une ligne continue à ne pas franchir, fricoté avec leurs « cousins » par alliance.

En 2011, le directeur-adjoint de la police judiciaire de Lyon, Michel Neyret, est placé en garde à vue. Ce commissaire de 55 ans est accusé d'avoir détourné du cannabis sous scellés afin de rémunérer illégalement ses indicateurs. Il aurait aussi accepté des faveurs de caïds. Il est mis en examen pour corruption, trafic d'influence, association de malfaiteurs, trafic de stupéfiants, détournement de biens et violation du secret professionnel.

« Tout au long de ma carrière, j'ai construit avec mes informateurs d'étroites relations de confiance. Jusqu'à ma rencontre

---

1. L'affaire du Carlton de Lille est une affaire tournant autour des activités de René Kojfer, chargé des relations publiques des hôtels Carlton et les Tours, organisateur de « parties fines » pendant lesquelles plusieurs notables de la région à Lille, Paris et Washington ont profité des services de prostituées. Parmi les acteurs de cette affaire : Dominique Strauss-Kahn, Dodo la Saumure et sa compagne, Béatrice Legrain. Les faits ont été révélés en 2011.

avec Gilles Bénichou et Stéphane Alzraa, mes deux corrupteurs, je n'avais jamais commis d'impair. Avec eux, j'ai d'abord reproduit le même schéma qu'avec les autres. Puis la relation avec Gilles a évolué. Pensant pouvoir maîtriser la situation, je me suis retrouvé dans un engrenage. On m'a offert des voyages, j'ai roulé dans des voitures de sport, j'ai bénéficié d'invitations dans des endroits de luxe, mais je n'ai jamais touché d'argent. Je considérais ces présents comme des cadeaux d'amitié, pas comme un lien d'allégeance. Je n'avais pas le sentiment d'être hors du cadre. Je ne m'en suis pas rendu compte, jusqu'à ce qu'une escouade de policiers débarque chez moi avec une commission rogatoire »[1], déclare-t-il par voie de presse. Mouillé jusqu'au cou, il est condamné le 5 juillet 2016 par le tribunal correctionnel de Paris à une peine de deux ans et demi de prison ferme. Son épouse, Nicole Neyret, est condamnée à huit mois de prison avec sursis pour avoir profité des largesses des « amis » de son mari.

Des scandales de supers flics dont les méthodes d'enrichissement confinent à celles de leurs informateurs, la Belgique en a eu également son lot. En octobre 2002, Guy Hallot est condamné par le tribunal correctionnel de Bruxelles à trois ans de prison avec sursis. Après ce pas de travers, l'ancien commissaire est reconnu coupable d'avoir servi d'intermédiaire dans une affaire d'écoulement de titres et de chèques volés, dont un chèque de plus de trois millions et demi d'euros. Il a, à cet effet, confectionné une fausse procuration. Le tribunal le condamne également pour deux faux ordres de paiement de titres d'une valeur totale de près de quatre millions. L'escroquerie globale porte sur quelque vingt-cinq millions d'euros et sa commission avouée, pour services rendus, est de 10 %.

En mai 2007, une autre affaire fait grand bruit. C'est aussi la fin du parcours policier pour Gérard Seront, chef de l'antigang

---

1. « Michel Neyret, le grand flic a plongé », interview accordée à *Paris Match*, 01/10/2016 – www.parismatch.com/Actu/Societe/Michel-Neyret-le-grand-flic-a-plonge-1079461

Dans cette ruine, Jean-Claude Deffet avait caché
1.200.000 francs belges qu'il remettra en 1974 lors d'une sortie
de prison sous escorte au commissaire Frans Reyniers,
en échange d'une arme pour préparer une évasion.

bruxellois. L'homme a pactisé avec l'ennemi. S'il est acquitté de la prévention d'association de malfaiteurs, l'ex-commissaire est reconnu coupable de détournements de pièces d'enquête confidentielles et de violation du secret professionnel en faveur du gangster Chams-Eddine Djeridi, braqueur de fonds, son indicateur depuis plusieurs années. Il est condamné à 30 mois de prison avec sursis.

En 1990, une autre affaire avait fait l'effet d'une bombe dans les milieux judiciaires. Dans la nuit du 20 avril, Frans Reyniers, charismatique patron de la PJ bruxelloise, est placé sous mandat d'arrêt et mis au secret à la prison de Nivelles par le juge d'instruction Thierry Maes. Le dirigeant du fameux GRB, le groupe de répression du banditisme, a lui aussi franchi la frontière mouvante qui sépare les flics de choc des truands. Impliqué dans une affaire de corruption, il est condamné, en 1996, à trois ans de prison avec sursis. Le sort du policier est scellé. Il terminera sa carrière comme consultant en sécurité pour une célèbre galerie commerçante bruxelloise.

Jean-Claude Deffet, qui fait une «brillante carrière» à la même époque, sera plusieurs fois confronté à Frans Reyners. «En avril 1974, je me trouvais en transit à la prison de Forest. J'étais en attente de mon transfert dans un autre établissement pénitentiaire. Le procès d'assise de Marcel Habran se préparait. Il était poursuivi pour une attaque de fourgon et la mort d'un convoyeur». Persuadé qu'il existe des connexions entre les deux hommes, Frans Reyners se rend en prison, cellule 268. Il veut confronter Deffet. «On sait que tu es l'une de ses connaissances. On peut faire beaucoup pour toi. Tout ce que l'on te demande lors du procès, c'est de témoigner qu'il a bien tué un vigile. En échange, je te garantis que tu ne feras pas ta peine de prison complète». Jean-Claude refuse catégoriquement. Le commissaire obstiné n'abandonne pas. Au mois de juin suivant, c'est à la prison de Louvain qu'il revient le voir. Henri Leduc, un truand liégeois vient de se faire abattre. Frans Reyners veut des infos. La réponse de Jean-Claude : «Je ne connais pas ce type ! ». Le haut gradé se montre insistant et change de tactique. Sous prétexte de reconstitution, il procède à plusieurs extractions. Avec balades et petits restos du côté de Châtelet pour « discuter », il tente d'insuffler au détenu le goût de l'air libre. Fin de non-recevoir.

En septembre de la même année, énième sortie sous bonne escorte. Jean-Claude fatigue. Ces interrogatoires sont usants et stériles. Du côté de Bouffioulx, coup de poker, il échafaude une contre-offensive magistrale. « Je ne parlerai pas, de rien, ni de personne. Mais si tu peux vraiment m'aider à dégager, je te sors du blé. Il n'est pas loin ». Sans grande hésitation, Frans Reyners valide le marché. Les nouveaux associés s'enfoncent dans les bois. Dans une cache que Deffet désigne, une caissette dort sagement. La pêche est miraculeuse, un million deux cent mille francs belges. « Sans prononcer un mot, il a mis le fric sous son manteau et il m'a ramené à la prison ». Un jour, deux jours, une semaine, un mois, Jean-Claude attend désespérément un signe. Frans Reyners ne se présente plus. « Je lui ai écrit le 28 janvier, le 20 mars, le 29 mars, le 8 avril, le 9 septembre et le 5 décembre 1975. J'attendais les suites de notre accord. Il ne m'a plus jamais répondu ».

« Flic ou voyous »?[1] Les liaisons s'avèrent irrémédiablement dangereuses. Tiraillés entre l'hypocrisie d'une hiérarchie permissive, des amitiés que l'intéressement rend ambiguës, et le nécessaire encadrement juridique de l'indicateur, certains policiers, jouant aux funambules avec la légalité, ne se privent pas de continuer à employer des pratiques dites de « flics à l'ancienne ». Leur argument : on ne lutte pas contre le grand banditisme assis derrière son bureau. Le risque : profiter des largesses du milieu et passer d'incorruptible à ripoux[2].

---

1. *Flic ou Voyou* est un film français, sorti en 1979, réalisé par Georges Lautner, avec Jean-Paul Belmondo dans le rôle principal.
2. *Les Ripoux*, est un film de Claude Zidi sorti en 1984, avec Philippe Noiret, Thierry Lhermitte et Régine dans les rôles principaux.

Si la compromission rompt définitivement le contrat social, le risque d'identification aux vilains garçons est le danger supplémentaire qui titille les hormones.

En 2012, c'est « *The Shield* »[1] dans l'Hexagone. Les ingrédients d'un bon scénario télévisuel se retrouvent dans les lignes des faits divers. La ville de Marseille passe à la lessiveuse. La haute hiérarchie fait le gros nettoyage. Depuis des années, la rumeur courait sur les policiers de la Brigade Anti-criminalité des quartiers nord. Encore fallait-il entendre ces rumeurs et briser l'*omerta* ambiante. C'est le nouveau préfet Alain Gardère, nommé à l'automne 2011, qui crée le scandale. Il démarre une enquête en secret et cible rapidement une trentaine de policiers véreux. Avec la contribution de l'Inspection générale de la Police nationale, leurs véhicules de fonctions sont pris en filatures et leurs téléphones personnels mis sur écoute. Dans la foulée, des micro-caméras sont installées dans les bureaux et dans les vestiaires utilisés par les membres de la brigade. Rapidement, du *shit*, des bijoux et de l'argent sont découverts dans les faux plafonds du service et au domicile de plusieurs fonctionnaires. Les policiers compromis baissent la tête et cachent leur blason.

En février 2018, à l'issue d'un des plus importants procès de corruption aux États-Unis, des policiers américains sont condamnés par un tribunal de Baltimore pour racket et association de malfaiteurs. Immergés dans les bas-fonds de la ville gangrenée par les gangs, Daniel Hersl et Marcus Taylor, membres de la *Gun Trace Task Force*, unité d'élite censée traquer les armes illégales, ont dévié. Alors que leur mission était de récupérer les armes illégales en circulation dans la ville portuaire, ils ont largement animé cette contrebande, revendant les pistolets volés au lieu de les saisir. Pariant sur le fait que leurs victimes, issues de la minorité noire, n'oseraient jamais déposer plainte, les

---

1. « The Shield » est une série télévisée américaine créée par Shawn Ryan et diffusée entre 2002 et 2008. Elle est inspirée du scandale Rampart qui a touché une unité antigang CRASH de la police de Los Angeles.

enquêteurs en civil de terrain ont fait main basse sur le produit financier de la drogue. La brigade criminelle de terrain s'est également rendue coupable de fausses dépositions et constitution de fausses preuves.

Dans « Infernal Affairs »[1], la balance de la Justice est suspendue à un glaive. Les hommes de lumière sont confrontés à leurs propres démons. La symétrie n'est plus parfaite. Le plateau de l'équité penche vers l'ombre. Dans « Pizza connection »[2], à force d'y goûter, les maillons faibles finissent par tricher. L'arroseur est arrosé.

---

[1]. Dans les grandes lignes du polar hong-kongais, *Infernal Affairs* est un film réalisé par Andrew Lau et Alan Mak et sorti en 2002.

[2]. « *Pizza connection* » est le nom de code d'une vaste opération menée par le FBI en 1978. Le film *Donnie Brasco*, réalisé par Mike Newell en 1997, avec Johnny Depp et Al Pacino dans les rôles principaux, relate l'infiltration de l'agent spécial Joe Pistone (Donnie Brasco) dans le clan Bonanno, une des familles mafieuses les plus puissantes de la côte est. Introduit, il fait rapidement ses preuves et gagne la confiance du clan. Mais, l'« affranchi », tiraillé par des sentiments contradictoires, va tout doucement s'identifier à ceux qu'il doit théoriquement détruire.

Les *Bonnie and Clyde* de Couillet

La Première Guerre mondiale va révolutionner la pègre. « Borsalino »[1] et Cadillac *Town Sedan*[2] flamboyantes, les terreurs racketteuses et corruptrices de la Belle Époque vont disparaître pour faire place à des braquages purs et durs. Plus tard encore, dans les années septante, les courses-poursuites entre parrains et forces de l'ordre s'engagent désormais en BMW 528i[3] et Golf gti. Les têtes d'affiche belges de la grande truanderie qui se partagent le haut du tableau s'appellent Lucien Sarti, Nestor Pirotte, Murat Kapllan, Hassan Maâche, Marcel Habran et Alexandre Varga.

---

1. *Borsalino* (1970) est un film franco-italien réalisé par Jacques Deray, avec Alain Delon et Jean-Paul Belmondo. Il retrace les pratiques de la pègre dans les années trente.

2. Parrain de la mafia de Chicago entre 1925 et 1932, Al Capone est la figure emblématique du crime organisé américain pendant la Prohibition. Peinte en vert et noir, sa Cadillac *Town Sedan* à la carrosserie blindée le mettait à l'abri des balles. La Maison Blanche utilisera plus tard le même modèle pour transporter en toute sécurité le Président Franklin Roosevelt.

3. Jacques Mesrine fera la Une de la presse en 1979 avec sa BMW 528i. La brigade antigang française met fin à sa cavale. Les photos de la voiture criblée de balles feront le tour du pays. C'est seulement en 2007, après avoir passé 28 ans dans une fourrière de la police, que ce véhicule sera détruit.

41 mois de prison pour les Bonnie et Clyde de Couillet

GANGSTERS DE COUILLET : DEUX AMOUREUX QUI AVAIENT VOULU PASSER ENSEMBLE DE BELLES VACANCES

...igné par ...nique (18 ans) Jean-Claude (22 ans) avait attaqué un employé des syndicats et réussi à subtiliser 50.000 frs

● Jean-Claude Deffet

Au mois de juillet dernier, Jean-Claude Deffet, âgé de 22 ans, de Châtelet, et une étudiante de Bouffioulx, Monique Brys, âgée de 18 ans, organisèrent une attaque à main armée au détriment des syndicats chrétiens à Couillet. Ce méfait leur avait rapporté 50.000 frs.

Le tribunal correctionnel de Charleroi a condamné Deffet à 29 mois de prison avec sursis pour la moitié et 3.000 frs d'amende et Monique Brys à 1 an avec sursis pour 9 mois. Ils sont tous deux privés de leurs droits civils et politiques pendant 5 ans.

★ PAGE 3

Le 26 juillet dernier, un employé des syndicats chrétiens de Couillet était attaqué par un tout jeune homme qui réussit à prendre la fuite avec 50.000 frs.

Les enquêteurs se rendirent bien vite compte qu'ils se trouvaient en présence d'un amateur.

L'apprenti-gangster s'était déjà fait repérer en envoyant son amie examiner la topographie des lieux.

L'employé se souvenait d'elle, car, bien qu'inscrite à Charleroi, elle revint à la charge deux fois de suite demander des renseignements à la permanence de Couillet.

LA FUGUE

Or, les policiers recherchaient justement ... mineure d'âge, ... qui avait ... Blan... tout ...

Claude Deffet, 22 ans, demeurant rue de la Station à Châtelet.

Deffet était d'ailleurs recherché pour autre chose, puisqu'en partant, il avait volé la carte d'identité de son beau-frère, M. Hachard de Pont-de-Loup, ainsi qu'un chèque de congés payés de 8.888 frs.

Le 19 juillet, Deffet avait, sous un faux nom, encaissé le mandat à Bruxelles.

Depuis lors, on avait perdu sa trace.

Les photos des deux jeunes gens furent présentées à l'employé des syndicats qui les reconnu aussitôt.

C'était autant un coup de veine que le résultat d'une enquête remarquablement menée et peu après, Jean-Claude et sa « Bonnie » furent localisés dans un camping de Blankenberghe où ils dormaient sous la tente.

Le butin du hold-up avait d'ailleurs servi à acheter...

Deffet, un grand garçon filiforme au teint pâle fut ramené à Charleroi et placé sous mandat d'arrêt.

Quant à Monique, une petite bonne femme, elle tint, longtemps tête aux enquêteurs. Finalement, elle fut bien forcée d'avouer.

Hier, le Clyde de la rue de la Station a écopé de 29 mois de prison avec sursis pour la moitié, plus une amende de 3.000 frs, tandis que sa Bonnie s'en tirait avec un an, dont neuf mois mitigés de sursis également.

Tous deux sont privés de leurs droits civils et politiques pour une durée de cinq ans.

Le romantisme du vingtième siècle a un petit relent de violence désespérée et c'est dommage ... histoire de Jean... aurait pu ... histoire ...

À vingt-deux ans, Jean-Claude Deffet, rêve d'accéder au palmarès. De 1968 à 1972, sa réputation enfle. Prémonitoires, les colonnes des faits divers en font déjà leurs choux gras. Il se présente plusieurs fois devant les tribunaux pour conduite sans assurance, falsification de plaques d'immatriculation, coups et blessures volontaires, détention illégale d'armes. Les juges sont cléments. Des suspensions de prononcé sont accordées.

Le 30 juillet 1969 est son coup d'éclat initiatique. Il commet un hold-up aux Syndicats Chrétiens de Couillet, situé non loin de l'église Saint-Laurent. L'opération lui rapporte cinquante mille francs belges. « À l'époque, ils payaient les chômeurs dans la classe d'une école. Je suis rentré tranquillement, arme au poing, avec une amie complice, Monique, et on a filé avec le pognon ». Le duo cavale sans demander son reste et grimpe dans un train. Direction un camping discret sur la côte. Les amoureux comptent bien y passer quelques jours de vacances.

C'est aux abords des plages de Blankenberge que les enquêteurs retrouvent la trace des *Bonnie and Clyde*[1]. Les deux larrons sont emmenés au commissariat de police, des liasses plein les poches. « On m'a laissé un long moment seul dans une pièce, assis face à un bureau. J'ai patiemment fait des boulettes de papier avec les billets et je les ai jetées sous la table. Quand ils sont revenus m'interroger, je n'avais plus rien sur moi. En revanche, je me suis toujours demandé ce qu'était devenu le fric. En tout cas, commissaire, poulets ou femmes d'ouvrage, on s'est servi et personne n'a rien dit ! »

En 1973, la Justice n'accepte plus aucune circonstance atténuante en faveur de Jean-Claude. Il est condamné à quarante-et-un mois de prison pour un cumul de préventions. Pour son premier séjour à l'ombre, il est d'abord incarcéré à l'ancienne

---

1. Bonnie Parker et Clyde Barrow sont deux criminels américains, membres du gang Barrow. Ils ont perpétré leurs méfaits dans le centre sud des États-Unis pendant la Grande Dépression des années trente. Sur fond de leur histoire d'amour romanesque, leur vie sera rythmée par la criminalité et les cavales.

prison de Charleroi[1], Quai des Flandres, avant d'être transféré à celle de Huy, construite en 1871 sur l'ancienne propriété des Frères Capucins. L'établissement est un centre d'observation destiné à l'orientation des délinquants vers le centre pénitentiaire-école de Marneffe.

C'est au cœur du parc naturel de la Hesbaye[2] que l'apprenti-gangster va vivre sa première évasion. « Le combi qui me transportait a fait un crochet par Marneffe pour y déposer deux autres détenus. Les agents qui nous encadraient ont négligemment laissé, grande ouverte, la porte arrière. L'ouverture rêvée. J'ai filé comme un lapin ! » C'est le plein hiver. Les températures sont largement négatives. Un épais manteau neigeux recouvre le paysage. « Pour ne pas être repéré, je n'ai pas pris par la route. J'ai avancé dans la campagne et je me suis retrouvé à devoir traverser une rivière glacée ». Les gendarmes lancés à ma poursuite ne sont pas loin de moi. « Je les entendais dans la nuit. Ils ricanaient : "si on ne le retrouve pas maintenant, on va le retrouver gelé" ». Jean-Claude, tapis, poursuit sa progression silencieuse. D'abord dans l'eau de la Burdinale[3], à travers bois et champs ensuite. Son objectif, rejoindre la première bretelle d'autoroute. « Je suis arrivé sur un tronçon de route. J'ai fini par croiser un taxi. Il s'est arrêté et je lui ai indiqué l'adresse de ma sœur ». L'échappée est fugace : deux jours plus tard, à la demande de son père, l'homme en cavale se rend. Il est réincarcéré et terminera de subir sa peine à la prison de Verviers.

C'est en les murs que Jean-Claude croise ceux qui allaient devenir ses maîtres à penser. Par loyauté, il tait les noms. « On ne parle pas de ces rencontres-là ». En revanche, il reconnaît

---

1. Les bâtiments de l'ancienne prison de Charleroi seront détruits en 1976 pour laisser place à la cité administrative. Le 18 octobre 1975, une centaine de détenus intègrent la nouvelle prison de Jamioulx entre 1968 et 1975.
2. Aujourd'hui, Parc Naturel des Vallées de la Burdinale et de la Mehaigne.
3. Le village de Marneffe est traversé par la Burdinale, un ruisseau affluent de la Mehaigne.

volontiers que le préau fut son université du crime. Comme une éponge, le stagiaire s'imprègne des modes d'emploi. « Dans la cour de la prison, j'ai tout appris, enfin, tout ce que je ne savais pas encore. Plus je tournais en promenade, plus cela rentrait dans ma tête. J'étais fasciné par ces gars. Certains te repèrent même pour former de nouveaux gangs dehors ». Dans cette *Prison des caïds*[1], les personnalités se révèlent et les rôles s'affinent : cerveaux, fournisseurs, grossistes, chauffeurs, éclaireurs... Le décor de ses exactions futures est planté. Demain n'est pas loin...

---

1. *La prison des caïds*, Frédéric Ploquin, Éditions Plon, 2011.

Le vrai-faux *hold-up*

À sa sortie, Jean-Claude Deffet est projeté sous les feux de la rampe. Bouteilles de champagnes à la main, véhicules de grosse cylindrée positionnées en cercle, ses nouveaux « amis » du milieu l'attendent fébriles. « Ils ont apprécié que je l'avais fermée en tôle. J'ai suscité l'admiration. Je les ai allumés. Je faisais définitivement partie des leurs ! »

Après serrages de pinces et frappes sur l'épaule, Jean-Claude s'engouffre dans l'un des bolides garés. Dans la boîte à gants, un cadeau de bienvenue dans le monde des vivants : un pistolet automatique Browning 7,65 mm et cinquante-mille francs belges. De quoi faire la fête ! Direction le centre pour une tournée avec ses comparses, les « grands ducs ». Le *Star Rock*, le *Carré Blanc*, l'*Éden*... en seigneur des lieux, Jean-Claude écume les bars toute la nuit. « Le soir-même, je vidais mon chargeur sur les bouteilles et le *juke-box* d'un établissement parce que le tenancier ne m'avait pas servi assez vite à mon goût. Il n'a pas bronché », se souvient-il non sans une certaine ironie.

Au petit jour, pas de temps à perdre, les affaires importantes reprennent. Chargé de récupérations par la menace en Belgique, en France, en Espagne, Jean-Claude est commandité pour jouer le « médiateur de dettes » : il recouvre pour compte d'autrui. Avec maestria, les leçons sont tirées d'Al Capone :

« On peut obtenir beaucoup plus avec un mot gentil et un revolver, qu'avec un mot gentil tout seul ». Quand il se présente, il n'y a pas de seconde branche au Y : la bourse ou la vie. On lui donne !

Ses aspirations sont plus grandes. Jean-Claude se sent corseté. Il fomente rapidement un nouveau coup. Il connaît René Haut, le caissier d'une succursale de la banque Sud Belge, à Montigny-le-Tilleul. C'est un ami de sa sœur et de son beau-frère. Ils vont ensemble monter un faux braquage. Le 7 décembre, trois millions de francs belges dorment dans les caisses. Si tout se passe bien, le butin sera partagé en trois, avec Guy Lerat, un autre complice rallié au projet. Le détournement de fonds sera mis sur le dos d'Algériens. Le plan tient la route, les cagoules sont prêtes, les armes pour tenir le personnel en joue aussi. L'affaire est prévue pour le vendredi suivant.

Coup de théâtre : pris de remords, l'employé bancaire passe par la case « police » et décide d'avouer le forfait en préparation. Séance tenante, le commissaire Auguste Van Cauter et ses hommes débarquent à Châtelineau. « À six heures du matin, ils ont forcé la porte de mon domicile. Je dormais. Ils ont investi ma chambre et m'ont immobilisé avant que je puisse réagir ». Jean-Claude, goguenard, est embarqué *manu militari*. Conduit au palais de justice, il doit être déféré devant le juge d'instruction pour se voir confirmer son mandat d'arrêt. Fourbe, le truand n'a pas dit son dernier mot. Derrière les barreaux, il ne retournera pas !

L'un des gendarmes préposés à sa surveillance est un voisin. Il le soudoie et obtient son sésame, les clés des menottes. « Je les ai glissées dans la poche de mon pantalon et j'ai discrètement expliqué à Guy, qui était attaché à moi, que je nous délierais en remontant dans la voiture qui devait nous reconduire à la prison. Il fallait juste assommer nos gardes du corps ». Guy Lerat ne cautionne pas. Jean-Claude va donc à agir seul. « Le moment venu, j'ai bousculé l'un des inspecteurs qui nous entouraient tout en essayant de lui prendre son arme. Elle a

Un champion de la récidive :
Jean-Claude Deffet intercepté in extremis alors qu'il allait commettre une attaque à main armée à la poste de Pont-de-Loup
(Page 3)

À Couillet, retour sur les lieux de son premier hold-up aux Syndicats Chrétiens en 1968.

Jean-Claude Deffet, l'un des auteurs du hold-up « désamorcé » de Montignies-le-Tilleul, qui avait tenté de mettre fin à ses jours mercredi au Palais de Justice ... sa cellule à la prison de ...

Nous avons relaté, dans nos précédentes éditions, dans quelles circonstances le commissaire principal Auguste Van Cauter et ses hommes de la P.J. de Charleroi avaient « court-circuité », la semaine dernière, un vol à main armée, projeté pour le 15 décembre, peu avant midi, contre le siège de la Banque Sud-Belge, 35, rue de Marchienne, à Montignies-le-Tilleul. Les deux coupables furent arrêtés. Mercredi matin, ils comparaissaient en Chambre du Conseil et s'entendaient confirmer leur ...

contre les ... Couillet.

Mercredi ... se trouvait au ... de la salle d'a... merie au Pal... Claude Deffet ... d'assiette... où il l'a trouv... fin à ses jour... des ci...poignet...

Le Dr Eloy... ordonna son... vil de Charler...

Tentative de hold-up avortée à Pont-de-Loup :
Encore Jean-Claude Deffet, déjà 2 fois condamné pour des faits identiques

Samedi matin, le juge d'instruction Claude Soussigne a placé sous mandat d'arrêt un « personnage » de la chronique judiciaire carolorégienne : Jean-Claude Deffet, 31 ans, originaire de Châtelet.

Jean-Claude Deffet, c'est un mélange de marginal, de bluffeur et de gamin dangereux lorsqu'il veut jouer les « durs » pour épater la galerie. Pourtant, il a un solide passé au casier judiciaire : un hold-up en 69 au préjudice des mutualités chrétiennes, une tentative de hold-up avortée en 72, une cavale retentissante quelques mois plus tard, une tentative d'évasion et deux tentatives de suicide, puis 44 mois de prison. Libéré en mai 77, Deffet a travaillé comme laveur de vitres...

Moustachu, émacié, aminci par les années de prison, Jean-Claude Deffet n'a rien perdu de sa décontraction. Originaire de Châtelet, âgé de 31 ans, il est actuellement domicilié rue Meurisse à Etterbeek, était laveur de vitres depuis sa sortie de prison, en mai 77. Il avait « tiré » 4 ans de prison à la suite d'une rocambolesque affaire de tentative de hold-up datant de décembre 72. En juillet 73, il avait joué les vedettes en mettant sur les dents les autorités judiciaires au cours d'une cavale avec fusil de chasse et en se constituant prisonnier le 14 juillet. Avant cela, il avait tenté de s'évader ...

Ils cherchent la poste, mais ne la trouvent pas. Entre le moment où Deffet est entré en prison et celui où il en est sorti, la poste a changé de lieu. C'est Decoster qui la trouve, mais il a peur. Decoster a mal au ventre. Il va aux toilettes dès son entrée au Café des Sports à Pont-de-Loup. Deffet s'attable. La patronne de l'établissement raconte :

« Il a déposé un colis sur la table et il en a sorti un pistolet noir qu'il a placé dans la poche intérieure de sa veste avec difficulté. J'avais peur, mais je leur ai servi les cafés qu'ils m'avaient demandés. J'ai prévenu mes clients que cet homme était armé. Ils ont bu, ils ont payé, puis ils se sont dirigés vers la sortie. Avant de sortir, Decoster a demandé à Deffet s'il avait son « pif », l'autre a montré sa poche. »

Le fils de la patronne et deux clients vont alors suivre les deux gaillards après que l'on ait alerté la gendarmerie. Le fils les « filera » jusqu'à la rue de Namur à Châtelet, où ils semblèrent s'intéresser à la poste. Puis, un autre suiveur, Willy Morien, machiniste à Farciennes, prendra le relais en vélomoteur jusqu'à Châtelineau.

À la gare de Châtelineau, la souricière est tendue par la BSR, la gendarmerie et des hommes du groupe ABT. Les deux gaillards sont appréhendés. D'abord, Deffet va nier, ergoter, puis il avouera son dessein, mais ajoutera...

... inculpé d'association de ... à Jamioulx. Avec son pa... de faire un joli stage en pri...

... il a été inculpé de port illé... et d'arme prohibée, en ... lacrymogène.

... des incorrigibles en bêtises.

Reinhold BAYET

Nous avons publié dans ... quelles circonstances M. le commissaire principal Auguste Van Cauter, et ses hommes de la P.J. de Charleroi, avaient prévenu, la semaine dernière, un vol à main armée, projeté pour le 15 décembre, peu avant midi, contre le siège de la Banque Sud-Belge, 35, rue de Marchienne, à Montignies-le-Tilleul. Ils avaient mis en état d'arrestation les coupables, un nommé Lorel et une vieille connaissance des autorités judiciaires, Jean-Claude Deffet, natif de la Station à Châtelineau. Jean-Claude ...

déjà, puisqu'il eut maille à parler avec la justice en 1968, 1969, 1970 et cette année même. Le 30 juin 1969 notamment, il avait commis un hold-up de 50.000 frs contre les Syndicats Chrétiens, à Couillet.

Mercredi matin, il comparaissait en Chambre du Conseil et s'entendait confirmer son mandat d'arrêt.

Vers 11 h...

Devant le palais de justice de Charleroi, d'où Jean-Claude Deffet tentera de s'évader en 1975 grâce à la clé des menottes remise par un gendarme.

calé dans son étui. Je n'ai pas demandé mon reste et j'ai commencé à courir aussi vite que j'ai pu ». Des coups de feu sont tirés, le fugitif trébuche. Il est rattrapé avenue Général Michel. « Ils m'ont ramené au palais de justice et j'ai reçu la correction de ma vie. Une vraie bastonnade. J'étais à terre et ils continuaient de me tabasser. Il a fallu que quelqu'un intervienne. Je n'ai pas porté plainte. Je n'étais pas en position de faire le malin. Je savais que mon retour au mitard serait sanglant ». La tentative avortée ne pardonne pas. La tête brûlée va payer au centuple son insoumission. Les portes du pénitencier vont sèchement se refermer sur son dossier.

Un suicidé coriace

Février 1975 – Dès l'arrivée de Deffet en prison, les représailles du système carcéral ne se font pas attendre. Jean-Claude connaît la vie dure. Il est expédié huit jours au cachot. Rations minimales, pas de sortie autorisée et aucune visite. « Le trou, c'est l'enfer. Une planche pour dormir, pas de lumière. Des bestioles qui grouillent partout. Je vis comme un rat ! » Révolté, le récidiviste ne pense qu'à une chose, se faire à nouveau la malle. Malin singe, il va maquiller son départ en suicide. Le guet-apens ? S'ouvrir les veines.

Transport en fourgon sécurisé TUB Citroën. Palais de justice de Charleroi, première comparution en chambre du conseil. Avant de quitter sa cellule, Jean-Claude a pris soin de casser une assiette. Un tesson caché dans sa manche, il écoute les magistrats procéder. « Monsieur Guy Lerat, ayant joué un rôle mineur, est relaxé dans l'attente de son procès. Monsieur Jean-Claude Deffet, instigateur, est maintenu en détention préventive ». À l'audition de la sentence, d'un geste sec, le prévenu rebelle se dégage de ses acolytes et s'entaille les veines, avant de s'écrouler sur le sol. « Une ambulance est arrivée toutes sirènes hurlantes et j'ai immédiatement été transporté à l'Hôpital civil de Charleroi. J'étais sonné, mais content. Je me voyais déjà libre ». À peine installé dans sa chambre aseptisée, Jean-Claude compte sur l'occupation du personnel médical pour filer à l'anglaise. Très mauvais calcul. Par mesure de sécurité, il est sanglé à son lit et des gardes sont placés devant sa porte.

Seule satisfaction de cette tentative étouffée dans l'œuf, de retour à l'ombre, Jean-Claude prend encore du galon. Ses codétenus sont admiratifs. Proclamé leader, il va profiter de toute occasion pour contester l'autorité : il porte les revendications des reclus, sème le désordre, organise des émeutes et collectionne les rapports disciplinaires. Mais c'est une notoriété qui n'est pas une fin en soi. Jean-Claude n'en démord pas. Il veut sortir ! « J'avais remarqué que des caisses en carton étaient entreposées dans les couloirs des sections du troisième niveau. Les détenus qui travaillaient à la manutention de confettis les entreposaient à cet endroit, avant qu'elles ne repartent pour l'extérieur. Je me suis dit que si je me jetais sur la marchandise, le papier amortirait le choc et je n'aurais plus qu'à détaler ».

Un matin, décidé, le kamikaze prend son élan et fait une chute de dix mètres. « J'ai mal calculé mon coup et je suis tombé sur le carrelage. Sous le choc, je suis resté étendu, le souffle coupé. Je ne savais plus bouger. Le directeur est arrivé furieux. Il m'a violemment marché sur la main en me disant que j'étais un salopard et que je pouvais crever ».

À nouveau hospitalisé, Jean-Claude est plâtré des épaules au bas du torse et doublement ligoté au cadre de sa couche ! Il est sonné, mais pas désarçonné ! « Je n'ai pas perdu le nord. Lorsque ma copine, Irène, est venue me voir, je lui ai demandé de m'apporter une arme le lendemain, mais elle a refusé ».

Il en faut plus pour décourager le lascar. Il a de la suite dans les idées. Il se débrouillera tout seul. « Dernière cartouche à jouer, j'ai décidé de miser sur mon état de santé ». C'est en chaise roulante, enrubanné comme une momie et la mine déconfite que Jean-Claude se présente, le 27 avril, pour sa deuxième comparution devant la chambre du conseil. Elle doit rendre son ordonnance de maintien en détention. Jean-Claude a vu juste cette fois. Le juge, peu informé de son passif judiciaire et assoupli à la vue de son état, le libère. Dans l'attente de son jugement, il est demandé au prévenu de rester à la disposition de la Justice. « Quand je suis revenu en prison reprendre mes affaires, le directeur râlait ferme ! Comédien jusqu'au bout, je suis sorti le visage crispé, en m'appuyant péniblement sur des béquilles que des agents pénitentiaires m'avaient filées. Un ami est venu me récupérer sur le parking et m'a directement conduit chez lui. Ni une, ni deux, j'ai fait exploser mon corset de plâtre au couteau... et j'étais complètement guéri ! »

Deux jours plus tard, le 29 avril, le tribunal se rend compte de sa bévue. À l'examen du dossier répressif, la mesure d'élargissement est inappropriée. Mais Jean-Claude a déjà disparu des radars, il a pris le maquis. Des tireurs d'élite de Bruxelles rejoignent les gendarmes du groupe mobile de Charleroi. Le commandant De Thiese et le lieutenant Lacroix sont sur le pied de guerre. Ils dirigent les opérations. Une chasse à l'homme est lancée ; elle va durer trois mois.

Un animal dangereux

Première étape, récupérer la jeune Castellinoise, Irène. Rendez-vous est pris au coin de la rue du Chemin de fer, à Châtelineau. Jean-Claude attend que sa belle termine sa journée dans le magasin Brunner qui l'emploie. Elle a dix-neuf ans. Elle n'est pas mauvaise. Elle veut juste suivre son homme. Déjà mère d'une petite fille de deux ans, étouffée par ses parents, elle a trouvé un terrain de jeu propice à ses rêves de princesse. Zorro est arrivé! Direction Bruxelles, chez une des sœurs de Jean-Claude.

C'est sans permis de conduire et avec de fausses plaques d'immatriculation accrochées aux pare-chocs, qu'ils arrivent à destination. Au cours du procès, Irène expliquera devant le tribunal: «Jean-Claude a trouvé du travail auprès de Maintenance Service, une société de rejointoyage. Il y a gagné quinze mille francs belges. Et puis ses parents nous envoyaient aussi de l'argent». Persuadé qu'elle est partie contre son gré, le père de la jeune fille ne tarde pas à franchir la porte d'un commissariat de police pour y déclarer sa disparition. Jean-Claude découvre le prétendu rapt dans la presse. Les proches vont être sur le grill. Il ne faut pas rester là. Après un mois, l'équipée quitte la capitale.

Une tente et du matériel de camping embarqués, Irène et Jean-Claude transhument de ville en ville, Blankenberge, Rochefort, Purnode, Genappe, puis Maredsous, avant de revenir, case départ, à Charleroi.

De leur côté, les forces de l'ordre s'activent. Elles fouillent et retournent chaque parcelle susceptible de servir de cache. Jean-Claude doit être dans un périmètre qui va de Bouffioulx à Loverval. Il y a également Chamborgneaux, les crêtes de Couillet et les champs de blés aux alentours, un immense relief propice à se tapir pour le gaillard et sa douce.

Des appels les plus fantaisistes aux pistes crédibles, les enquêteurs prennent tous les informations au sérieux. Jean-Claude aurait été aperçu se dirigeant vers le bois de Scry-Mettet par un commerçant de Châtelet. Il serait accompagné d'un autre indi-

mardi 10 juillet 1973

Les 100 gendarmes lancés à la poursuite de J.-C. Deffet ont reçu ordre de tirer à vue

« TIREZ A VUE » :
C'EST L'ORDRE QU'ONT REÇU PLUS DE CENT GENDARMES LANCÉS A LA POURSUITE DE JEAN-CLAUDE DEFFET (22 ans), BLESSÉ

Chasse à l'homme entre Bouffioulx et Loverval

Jean-Claude Deffet a encore un atout : il connaît le terrain comme sa poche

Les recherches effectuées par les autorités judiciaires de Charleroi destinées à mettre la main au collet de Jean-Claude Deffet restent sans résultat. En fait, les policiers se montrent particulièrement vigilants, et les gendarmes ainsi que les membres de la B.S.R. demeurent en état d'alerte. A la brigade de Charleroi, le « piquet » est maintenu en état d'alerte. Il fait dire que la rapidité d'intervention de la gendarmerie est plus qu'évidente. C'est ainsi que mardi soir, à la suite d'un coup de téléphone anonyme, une colonne d'intervention a cerné le terril boisé du Boubier, route de Couillet, à Châtelet, afin de rechercher le suspect. Les gendarmes dirigés par le commandant Sion et l'adjudant Wauttaut de la B.S.R. n'ont pu arriver à leurs fins. Ils n'ont trouvé personne. Or, on se trouve place devant une situation particulièrement inquiétante. Jean-Claude Deffet est traqué, il doit se trouver dans le périmètre situé entre le centre de Couillet, le parc de Châtelet, l'I.M.T.R. et Chamborgneau. Or, il est blessé, et ainsi qu'on le suppose, il est armé d'un fusil de chasse de calibre 12mm

et dispose d'une vingtaine de cartouches en réserve. Il est dangereux, on connaît son passé, il a décidé de vendre chèrement sa peau, et s'il n'avait il se réservera la dernière cartouche pour tirer sur celle qui partagea sa vie de bête traquée durant deux mois, Irène Wautelet, devait nous le confirmer :

— « Il n'a pas peur de la mort. Il en a fourni les preuves. S'il est acculé, il tirera sur les gendarmes et se tuera. Il me l'a dit à plusieurs reprises ».

Où se trouve donc Jean-Claude Deffet ? On l'ignore. Mais cependant, on est pratiquement certain qu'il sera appréhendé dans les jours ou les heures qui vont suivre. Hier encore, un peloton de gendarmes, des cavaliers, a battu la campagne dans les environs de Loverval. Les camionnettes patrouillent sans arrêt. On attend qu'il sorte de sa cachette. Il doit soigner sa blessure, se nourrir, et doit certainement aspirer à quitter la lourde angoisse des bois. On sait toutefois que Jean-Claude Deffet, s'il se terre à Bouffioulx et leurs environs, doit vraisemblablement compter sur les complicités qu'il possède à proximité : à Châtelet et Châtelineau, son ancienne amie et otage récente, Irène Wautelet, ne devait-elle pas dire :

— « Pendant les huit jours que nous avons passés dans la cabane de Bouffioulx, tous et lors le soir rue des Brasseurs à Châtelet, où nous recevions des visites que les cousins « de » Deffet nous apportaient ».

Elle devait aussi signaler :

— « Certains membres de sa famille le soutiennent, l'aident. Jean-Claude Deffet n'est pas seul. Il a des complices. Mais cela, la P.J. le sait aussi. Les membres de la P.J. et les gendarmes sont au courant. Ils attendent paisiblement, mais sûrement, que Deffet et ses « amis », commettent la moindre erreur. Là, on discutera. Les patrouilles se multiplient, et les investigations se poursuivent activement. Pour Deffet, il reste deux solutions. D'abord, il a in-

térêt à ne pas quitter le terrain du périmètre cerné par la gendarmerie. C'est un terrain accidenté, qu'il connaît comme sa poche. Il est né par là, il y a grandi, et il compte bien s'en servir. Il sait, il l'a prouvé, utiliser chaque pouce de terrain à son avantage. En outre, il sait qu'il a des amis dans les parages immédiats. C'est une hypothèse. Là, il possède deux alliés : le train et une aide éventuelle.

Mais n'oublions pas que les policiers le savent avec pertinence. La seconde hypothèse consiste à passer au travers des mailles du filet. De cette manière, le jeune gangster pourrait se sentir plus à l'aise. Il peut croire que hors du champ de recherche établi par les gendarmes, il aurait plus de chances de s'en tirer et de trouver une cachette plus sûre, avec le bénéfice des recherches moins serrées.

Mais ce moment, il devrait s'attendre à ne pas commettre d'erreur car toutes les forces de gendarmerie possèdent son signalement, et la population est alerte. Il peut à tout moment être repéré, signalé et... dénoncé.

D'ailleurs, les policiers demandent la coopération de la population en la mettant en garde contre celui qu'un policier haut gradé qualifiait : « Un animal dangereux, prêt à tout ».

Jean-Claude Deffet tirera-t-il ? On l'ignore. En tout cas, il est certain qu'il possède peu de chances de s'en tirer. La riposte serait sans appel. Des armes automatiques et les tireurs d'élite face à un fusil de chasse à recharger tous les deux coups, cela ne pose pas le moindre problème.

Il semblerait plus logique que, sentant cerné et craignant de longues années de prison, Jean-Claude Deffet ne se réserve la touche comme le disait Irène, qui le connaît si bien.

On a également

tenta-t-il pour vivre ? D'où viendra le ravitaillement ? Les policiers ont un allié de poids : le temps. Deffet est traqué, il risque la trahison et évolue dans la solitude et l'insécurité. Il vit dans un cercle qui se rétrécit avec les heures, les jours. Même s'il est parvenu, ou s'il parvient à sortir de la région de Châtelet - Bouffioulx, ce n'est qu'un sursis. Plus dure sera la chute. S'il comprenait qu'il n'existe pour lui qu'une seule solution : se rendre, il se montrerait sage. Mais ?

tion de Maredsous, dans le but de récupérer la voiture volée et abandonnée qui lui avait servi à sillonner la Belgique. Cela paraît exclu, car il est évident qu'il a dû se rendre compte que la justice et l'insécurité l'ont disposé un comité d'accueil.

Des « comités d'accueil », il en existe bon nombre à son intention et il ne se rend pas tellement compte. Ces services sont nombreux et prêts à l'intervention. La chasse continue.

Jean-Claude Deffet devra se manifester. S'il le fait, il risque gros. Quant à ses complices... Comment

Reinhard BAYET.

vidu. Les hommes de la brigade de Gerpinnes se lancent à ses trousses. Une grande battue est organisée. Elle ne donne rien. Les suspects interpellés sont deux braves campeurs.

Micheline Dupont, une habitante de Bouffioulx, sera la dernière à l'apercevoir. « Je le connais. Je ne savais pas qu'il était en fuite. Sa main gauche était crispée sur son pantalon déchiré. De la main droite, il tenait une carabine de chasse et marchait à grand pas vers le terrain de football. Il s'est enfoncé dans les champs et je l'ai vu disparaître. »

Durant les semaines qui suivent, le cavaleur est plusieurs fois potentiellement localisé. Rapide comme l'éclair, il arrive à garder une longueur d'avance sur ses poursuivants. Le terrain de rocailles offre de nombreuses possibilités de fuite. Toutes les issues ne peuvent être bouchées et le fuyard bénéfice de trous béants dans le dispositif d'encerclement. Bois, sentiers forestiers et autres herbages, Jean-Claude met systématiquement de l'espace entre lui et ses traqueurs. Enfant du pays, il connaît les circonvolutions du paysage comme sa poche. Des équipes sont appelées en renfort. Les terrils de ballast, les carrières désaffectées, les aciéries rasées et les bâtiments délabrés sont passés au peigne fin.

Armé jusqu'aux dents, l'homme a peur de la capture, non de la mort. « Je ne voulais pas retrouver les quatre murs d'une cellule. J'étais prêt à me battre comme un chien enragé. Me rendre, jamais! La dernière cartouche serait pour moi ». Les cent gendarmes, bien décidés à lui mettre la main au collet, ont désormais ordre de tirer à vue. Jean-Claude a franchi une dangereuse frontière. Il est considéré comme « un animal dangereux ».

Le meurtre de Falaën

L'odyssée de Jean-Claude se poursuit. Dans sa course folle, le truand et son égérie laissent des traces de leur passage. Le couple a dressé une tente sur une aire réservée, proche de l'abbaye de Maredsous. Ils ont laissé leurs véritables pièces d'identité à l'accueil. Après quelques jours de séjour, au petit matin, les fiches d'entrées du camping sont contrôlées une à une par les autorités. Un prêtre avertit Deffet, lui conseillant de se rendre. Sans demander leur reste, les jeunes fugitifs s'évaporent à nouveau. Direction, le village de Denée.

Le 30 juin 1975, Jean-Claude et Irène se trouvent dans les bois de Falaën. L'ennemi public n° 1 a garé sa voiture le long de La Molignée[1]. Deux gardes-chasses le reconnaissent. Il n'est pas là pour pêcher. « Ils ont essayé de me contenir. J'ai ouvert le coffre de ma voiture, j'en ai sorti un *riot-gun*, une arme de poing, ma cartouchière, et on a commencé à courir. »

La nature est dense et verdoyante en cette période de l'année, ce qui facile le camouflage et l'avancée. « On entendait des chiens aboyer et les hélicoptères de la gendarmerie tourner dans les airs. Nos cœurs battaient à un rythme de fou ». Pas d'estocade

---
1. La Molignée est un petit affluent de la rive gauche de la Meuse en province de Namur.

finale. Le gibier traqué longe l'ancienne ligne de chemin de fer de Warnant à Maredsous, et voit l'orée du bois se dessiner. « Au premier village, on est entré dans un café-dancing. Notre avis de recherche passait en boucle à la télévision. Les clients nous ont regardés, ils ont regardé l'écran. Pour le coup, c'était plus d'là télé ! Personne n'a bougé. J'ai demandé qu'on m'appelle un taxi. La patronne s'est exécutée et on a filé ».

Le 1er juillet, deux cultivateurs découvrent le cadavre d'une femme, Éva Minet, dans un chalet isolé de Falaën. Le tueur a fracturé une vitre pour entrer. Rien n'a été volé. Les enquêteurs pensent d'abord à un drame familial. Le fils de la victime, ainsi que quatre suspects sont appréhendés. Ils ont un alibi. Ils sont mis hors cause. À l'analyse de la scène ce crime, le meurtre semble plutôt l'œuvre d'un rôdeur. Jean-Claude, qui est passé à proximité du pavillon vingt-quatre heures auparavant, est suspecté. Le rapprochement est facile. La théorie des enquêteurs : pensant les lieux abandonnés, il a été surpris par la présence de la sexagénaire et aurait dû se résoudre à l'étrangler.

Lors de leur arrestation, Irène affirmera en audition : « Dans notre fuite, j'ai aperçu une flèche indicatrice, marquant Falaën à deux kilomètres. Je ne sais pas si nous sommes passés par là, mais Jean-Claude et moi ne nous sommes jamais séparés. Ce n'est pas lui ». Quelques jours plus tard, les policiers élucideront ce fait divers. Jean-Claude est mis hors de cause. Ce méfait ne s'additionnera pas à sa collection. Entretemps il est toujours aux abonnés absents. Les patrouilles sillonnent sans relâche les campagnes, pistent les « contacts » du braqueur et placent des souricières. Le compte à rebours a commencé.

Une cavale chaotique

Il est vingt-trois heures. Jean-Claude et Irène sont installés dans le taxi qui les a embarqués à Rouillon. « Dites à la centrale que vous prenez une course jusque Namur et conduisez-nous vers Châtelet », ordonne Jean-Claude. « Je vous ai reconnu, ne me faites pas de mal, j'ai une famille », supplie le chauffeur. Devant eux, un barrage de police se présente. Ils cherchent deux personnes. Irène se couche sous le fauteuil passager. Jean-Claude fait mine d'être ivre. Le taximan confirme au contrôle qu'il reconduit un pilier de comptoir chez lui. La voie est ouverte. Le véhicule s'arrêtera, quelques kilomètres plus loin, pour débarquer ses passagers. « Vous ne nous avez jamais vus ! » Irène et Jean-Claude disparaissent le long de la Biesme, un ruisseau qui longe Châtelet, Bouffioulx et Acoz. C'est le début d'un long silence radio.

Les battues se multiplient. Les combis des flics tournent sans interruption. Le gangster a trouvé un trou dans la roche pour s'y terrer. Des branchages masquent la tanière aux regards. « C'était une espèce de grotte. Il y en a plein dans la région ». Les tourtereaux y resteront huit jours, avant de reprendre la poudre d'escampette. Un après-midi, « on ne peut pas allez plus loin, des gendarmes l'ont interdit », crient des enfants au loin. Les flics grouillent partout. Jean-Claude saisit Irène fermement par le bras et ils détalent encore.

Dans cet abri de fortune, les enquêteurs découvriront une paillasse, une couverture, un coffre en métal contenant son portefeuille et un jeu de cartes, et quelques boîtes de conserve éventrées. Jean-Claude est déjà loin.

Alors que les recherches piétinent, un coup de fil anonyme donne aux membres de la PJ une information qui va s'avérer capitale : « Jean-Claude Deffet se trouve dans les entreprises Letort ». Murs en ruines, bâtiments rongés par la vermine, le décor désaffecté est de circonstance. « Il y avait un ancien container au milieu de la cour. Un baraquement de repos pour les ouvriers. On s'était installé là. Tous les jours, Irène se débrouillait pour nous trouver de la nourriture chez des copains complices et moi je faisais mes rondes pour inspecter les environs ».

Au matin du sixième jour, quatre hommes en bleu de travail pénètrent dans l'enceinte de l'usine. « Ils étaient trop nets à mon goût. Je n'ai jamais vu des salopettes d'ouvrier aussi propres ! J'ai calmement déposé ma main droite sur la table, à côté de mon flingue. Mes doigts frôlaient la détente. J'ai respiré un grand coup et j'ai attendu qu'ils s'approchent ». Trois mots sont échangés. Les individus questionnent Jean-Claude sur sa présence, tout en regardant l'arme, et font calmement demi-tour. La planque n'est plus sûre. Jean-Claude commence aussi à douter d'Irène. En a-t-elle assez de vivre son roman de cap et d'épée ? Les a-t-elle balancés ? « Elle partait, en tout cas, trop longtemps pour le peu qu'elle nous ramenait à manger. Et puis pas de munitions, pas de voiture. Rien de ce que je lui avais demandé. Ce n'était pas logique ».

Le 9 juillet, à 13 heures, Irène revient, très nerveuse, au campement. « J'ai écarté les buissons. Sur les toits devant moi, il y avait une armée de tireurs d'élite casqués. Elle m'avait trahi ! » Face à ses adversaires, Jean-Claude s'obstine. Prêt à dégommer ses assaillants, il sort de l'usine et avance droit devant, sa compagne en bouclier devant lui. Il est dans l'antichambre de la

DEFFET TOUJOURS EN CAVALE

LES POLICIERS ESPÈRENT-ILS UN COUP DE FILET PLUS VASTE ?

La « cavale » de Jean-Claude Deffet se poursuit. Bien que de nombreux appels téléphoniques le signalent ça et là, les forces de gendarmerie lancées à ses trousses n'ont pas encore circonscrit l'endroit où se cache le jeune délinquant. Toujours seul, sans aucune ressource, Deffet pourra-t-il encore « tenir le coup » longtemps ? Il faudra bien qu'un jour ou l'autre il tente de contacter quelqu'un, ami ou... complice. C'est peut-être ce qu'attendent les policiers, dans l'espoir d'opérer un coup de filet plus vaste...

● PAGE 3

Arme à la bretelle, les gendarmes se préparent à partir en patrouille (photo à gauche en haut), à la recherche de Jean-Claude Deffet. Dans la hutte de branchages que celui-ci occupait avec sa jeune maîtresse (voir p. 3), on a retrouvé la paillasse sur laquelle ils dormaient, ainsi qu'un coffre contenant le portefeuille du jeune fugitif, un jeu ... brosse (à gauche, en bas). Tou... ... un arbre avait été gravé ... Jean-Claude Deffet qui y a reproduit le tatouage qu'il porte au bras ainsi que ses initiales.

Toute l'affaire avait démarré sur un coup de téléphone anonyme au bureau de la Police Judiciaire: « Jean-Claude Deffet se trouve devant les entreprises Letort. Il vit dans une cabane ». C'est ce coup de téléphone qui allait lancer la chasse, ... Biesmes, entre Bouffioulx et

ALERTE AU QUARTIER DU BOUBIER A CHATELET POUR JEAN-CLAUDE DEFFET

Hier, aux environs de 19 h. 30, un coup de téléphone alertait la brigade de gendarmerie de Châtelet.

Deux adolescents qui se promenaient autour du terril du Boubier, route de Couillet à Châtelet, prétendaient avoir aperçu une silhouette correspondant à celle de Jean-Claude Deffet. Immédiatement, on alerta le groupe mobile de Charleroi qui expédia un service d'intervention. Vingt et un gendarmes dirigés par le commandant Sion et l'adjudant Wattiaux, de la BSR, encerclaient le lieu.

Ils entreprirent un ratissage minutieux de ce terril boisé et aux abords broussailleux. Le quartier était en émoi.

Cet état d'alerte devait se prolonger jusqu'aux environs de 21 h. 15. Deffet ou pas Deffet ? En tout cas, et c'est une chose certaine, cette battue, comme celle de l'après-midi, ne donna aucun résultat.

Les gendarmes se posent la question de savoir si on ne va pas entrer dans une période difficile : celle de la psychose. En effet, on pourrait signaler, et c'est bien parti, le fugitif en bien des endroits. Imagination, crainte ou réalité ? Il y aura bien entendu 99 % d'appels et de signalements faux. Mais un pour cent peut provoquer l'arrestation du jeune fugitif.

R. Bayot.

À la carrière de Sébastopol (Bouffioulx), devant la grotte où il va se terrer pendant 8 jours avec sa comparse.

Touché par les balles de la police à l'épaule et à la jambe, Jean-Claude Deffet se jette dans la Biesme puis dans une canalisation d'égout souterraine…

... qui traverse la ville de Châtelet et finit par déboucher dans la Sambre, qu'il traverse à la nage.

mort. Le groupe d'intervention le met en joue et le somme de lâcher son otage. « J'ai continué à progresser avec Irène que je tenais toujours en pare-feu entre eux et moi. Arrivé sur le pont qui surplombe le ruisseau, je l'ai poussée sur le côté et elle a trébuché. Déstabilisés un instant, ils ont commencé à tirer dans tous les sens, mais le temps qu'ils reprennent leurs esprits, j'avais sauté dans l'eau ».

Touché à l'épaule et à la jambe, le fuyard s'engouffre dans une énorme bouche d'égout. « C'était bourré de rats. Une vraie peste ! J'ai attendu dans le noir, accroupi dans une boue poisseuse. Je perdais beaucoup de sang. Je tremblais, j'avais froid. Cela m'a paru une éternité ». Lorsque tout danger semble écarté, Jean-Claude commence à progresser dans les canalisations. « J'ai avancé, je ne sais pas combien de temps, en rasant les murs pour ne pas perdre le sens de l'orientation ». Au bout du tunnel, une lumière annonce la sortie. « C'était la Sambre. J'avais traversé la ville de Châtelet en sous-marin. Le canal était face à moi. J'ai commencé à nager jusqu'à la rive opposée. Les armes et mes vêtements trempés pesaient une tonne. Je suis remonté par un escalier en métal et je me suis traîné jusqu'au premier bâtiment ».

Jean-Claude va s'assoupir quelques heures dans les ateliers du « Moulin Royal », tapi entre les moulins à grains à l'arrêt et les sacs de farine. Le soir venu, il se remet en route. « J'étais perdu, je ne savais pas où aller. J'ai pensé à ma grand-mère et je me suis dirigé vers Lodelinsart ». Sur toutes les radios du pays, le doute lancé : Jean-Claude Deffet est-il toujours en vie ? « Elle a ouvert la porte et ne m'a posé aucune question. Elle m'a donné du linge propre, un peu d'argent, des munitions pour mon arme et m'a dit de filer ». Un ami discret va conduire le fugitif affaibli vers Bruxelles. « Je me suis posé deux jours chez une connaissance. Un étudiant en médecine a soigné mes blessures. Ordre de ne pas bouger, mais je réfléchissais déjà à la suite ». Le coin devient beaucoup trop chaud, il faut quitter le territoire. Pourquoi pas la Hollande ? « J'ai conservé mon pistolet et j'ai vendu mon *riot-gun*. Je suis rentré dans une agence de voyage et j'ai prix un billet pour Amsterdam ». Le Rijskmuseum, le Musée Tussaud et la Maison d'Anne Frank, l'excursion est touristique.

« J'ai abandonné le groupe à Utrecht. Des amis m'avaient donné quelques adresses. Des points de chute ». Dans la vieille cité médiévale, l'homme en cavale est en manque de liquidités. Aux alentours de la place centrale, derrière la cathédrale gothique Saint-Martin, il cherche à se refaire une santé. « J'ai d'abord demandé quelque chose à manger à une bande de hippies pour tenir. Je me suis ensuite rendu dans le quartier des drogués. J'ai croisé un dealer. Je lui ai dit que j'avais besoin de marchandise. Il m'a attiré dans une ruelle sombre pour faire affaire. Il n'a rien vu venir. Je l'ai braqué et je lui ai piqué sa came que j'ai revendue ». Son butin pour survivre : 300.000 francs belges en poche.

En Belgique, toujours pas de Deffet en vue. Il a sans doute quitté le territoire. Un mandat d'arrêt international est lancé. Jean-Claude circule toujours librement au plat pays des tulipes. Mais le berceau de Rembrandt ne le mettra pas à l'abri. « Domplein, devant une boulangerie, près de la cathédrale, deux flics en civil m'ont interpellé pour un contrôle d'identité. Je suis embarqué au commissariat de police. On me retire ma ceinture, mes lacets et mon portefeuille et j'attends ». Résigné, le fugitif pense que sa cavale est terminée. Il va être remis aux autorités belges, le glas a sonné. « Assis dans cette pièce vide, je deviens fou. Mon visage va être comparé au portrait-robot diffusé et mes tatouages vont parler ! » Après deux bonnes heures de garde à vue, deux tours de clés, la porte s'ouvre. « On sait que c'est toi. Tu vas nous suivre, monter dans la bagnole gentiment et te taire ». Jean-Claude s'exécute. Le véhicule fonce à vivre allure et monte sur une bretelle d'autoroute. « Dans l'attente d'une extradition, on transite souvent par la case prison. Je regardais par la fenêtre. Il n'y avait pas de prison en vue ». Contre toute attente se produit l'impensable. « Ils m'ont ramené à un kilomètre de la frontière et m'ont fait descendre du véhicule. "Dégage, on ne t'a jamais vu !" Je n'ai rien compris. Enfin, si.

Quand j'ai ouvert mon portefeuille, il était vide. Ils s'étaient servis ! »

Mesure d'instruction complémentaire : un an plus tard, le juge d'instruction en charge du dossier pénal, envoie une commission rogatoire en Hollande. Deffet est aussi interrogé. Mais il ne dit rien de cet épisode.

Reddition

Un chauffeur de taxi va conduire Jean-Claude Deffet de la frontière belgo-néerlandaise à Bruxelles. Fidèle à lui-même, il ne le règle pas, tout en l'invitant à effacer son portrait de sa mémoire. Furieux, le taximan porte plainte. La PJ traque à présent Deffet du côté de Woluwe-Saint-Lambert, là où il s'est fait déposer.

« Je me suis rendu chez ma sœur Gismonde. Elle n'était pas là. J'ai traîné et je suis arrivé du côté de la place du Jeu de Balle. J'ai revendu ma carabine à un marchand ambulant du Marché aux Puces et j'ai contacté mon oncle. Il chantait dans un troquet du côté de la rue des Bouchers, derrière la Grand-Place. Il m'a demandé de le rejoindre. On a discuté et il a appelé mon père qui a suggéré ma reddition ».

Amaigri, cerné, Jean-Claude porte la barbe et les cheveux longs. Sa veste en simili daim et sa chemise à carreaux sont défraîchies. Le pantalon de velours côtelé est usé jusqu'à la trame. Il est las. En bout de course. Il accepte. « Des membres de ma famille sont venus me chercher. Je me suis planqué dans le coffre de la Mercedes et on a passé incognito tous les barrages déployés jusqu'à Presles ».

Le samedi 14 juillet 1975, la cavale ne se termine pas de la façon tragique redoutée. Jean-Claude décide de se constituer prisonnier. Comme Jacques Mesrine[1], qui ouvrira la porte de son appartement parisien aux policiers, il organise sa reddition. L'ennemi public n°1 est appréhendé au domicile de sa sœur, Mireille. À l'aube, la mise en scène a de la gueule. La presse, prévenue, et là. Jean-Claude ouvre la porte d'entrée de la maison et sort sur le perron. Il marque un temps d'arrêt, avance au milieu de la cour cernée par une armée entière et jette ses armes au sol. Il lève ensuite lentement les mains. L'équipe d'intervention s'approche. Il n'oppose aucune résistance. Épuisé, cette fois il ne cherche pas à narguer. Il ne fanfaronne même pas du bout des lèvres. Le commandant De Thiese et le lieutenant Lacroix sont satisfaits. Leurs limiers aussi. Après treize semaines de poursuites, ils vont enfin pouvoir aller se coucher.

Huit mois plus tard, c'est menottes aux poings, moustaches tombantes, chemise lignée, en élégant costume trois pièces bleu, que l'ennemi public n°1 se présente devant ses juges. On est loin du jeune fauve que toutes les polices du royaume ont traqué pendant des mois. Comparaissent également au procès René Haut, le caissier de la banque Sud Belge et Irène, tous deux poursuivis pour complicité dans l'association de malfaiteurs.

Dès le deuxième jour du procès devant la 6ᵉ chambre correctionnelle de Charleroi, les débats se compliquent. Le président du tribunal Diricq s'attache tout d'abord à éclaircir des délits mineurs, dont une affaire de détournement de bons d'essence pour une valeur de 600 francs belges. Jean-Claude ne conteste pas. Il se montre même très volubile dans les détails. Pour cette affaire, dans la mesure où on le charge, hors de question de porter seul le chapeau. Il n'a plus rien à perdre. Le coup du faux hold-up à Montignies-le-Tilleul a été téléguidé par le caissier, René Haut. Guy Lerat a participé à la mise en place du braquage et Alfred Wan, un jeune gamin en manque d'argent, a

---

1. Jacques Mesrine (28 décembre 1936 – 2 novembre 1979) est un criminel français, déclaré ennemi public n°1 en France, dans les années septante. «L'homme aux mille visages» est connu pour ses nombreux hold-up et ses évasions à répétition.

lundi 16 juillet 1973

"Voilà, je me rends":
J.-C. Deffet n'a opposé aucune résistance aux policiers venus l'appréhender au domicile de sa sœur à Presles

Il nie farouchement être mêlé à l'affaire du meurtre de Falaën : « Je ne suis pas un assassin »

VOILA, JE ME RENDS », A DIT LE JEUNE FUGITIF

MEMBRES DE LA BSR VENUS L'ARRÊTER

JE NE SUIS PAS UN ASSASSIN!»

Jean-Claude Deffet s'est rendu aux policiers sans résistance

fourni les armes trouvées du côté de Dorchimont. C'est envers Irène que Jean-Claude sera le plus féroce. « Elle était ma confidente, ma compagne, ma maîtresse. Elle était au courant de tout. Elle est venue avec moi chez les armuriers. Avec l'argent, elle voulait s'acheter une améthyste. Elle m'a trahi pour se sauver ! » En dehors des affirmations de Deffet, peu d'éléments le prouvent. Les prévenus s'invectivent. On avoue, on nie, on attaque, on se replie. C'est la pagaille. À l'issue des auditions, le tribunal, irrité, rame dans le brouillard. Qui croire ?

Après deux semaines d'audience, Irène et René Haut sont acquittés de toutes les préventions. Guy Lerat bénéficie du sursis pour ce qui excède la détention préventive. Pour Jean-Claude Deffet, le verdict est un couperet : dix ans de prison. Les sursis de ses condamnations antérieures tombent et s'additionnent à la peine principale.

Trou noir

Dans la foulée de Mai 68, s'ouvre une période politique très contestataire. On dénonce, on critique. L'univers carcéral n'échappe pas à la règle. « Les prisons, d'abord surprises, incrédules, silencieuses, immobiles, se sont ébranlées. »[1]
Construits au XIXe siècle, les établissements pénitentiaires sont vétustes. Les murs humides n'ont pas vu la chaux depuis belle lurette. Leurs enceintes, pour la plupart surpeuplées, hébergent les détenus, entassés par six, dans 9 m². Debout, six heures. Extinction des feux, dix-huit heures. Vingt-trois heures sur vingt-quatre en cellule. La nourriture, quand elle n'est pas avariée, est immangeable. Pots de chambre, une douche hebdomadaire, les conditions d'hygiène sont lamentables. Chez le dentiste, une seringue sert à endormir dix bouches. L'information presse est censurée, la culture limitée. Aucune littérature subversive ne circule. Un détenu cultivé qui réfléchit représente un danger pour l'administration pénitentiaire. La violence est quotidienne. La discipline, militaire, s'accompagne de lourdes sanctions. L'isolement sensoriel au mitard, une cellule bunker d'isolement, est la pire pour les récalcitrants au système. C'est une roulette russe, soit les détenus passent au travers, soit ils se suicident.

---

1. *Prisonniers en révolte*, Anne Gérin, Éditions Agone, 2013.

Au début des années septante surviennent grèves de la faim et mutineries: les prisonniers de droit commun se révoltent contre le silence imposé sur leurs conditions de détention. Après des années de plomb, les luttes se développent. Les révoltes alimentent une réflexion sur la prison et l'ordre social. Dans *Surveiller et punir*[1], le philosophe Michel Foucault fait connaître au monde extérieur la réalité carcérale, le pouvoir pris sur les corps, un monde où l'on transforme des êtres en fauves. Des productions cinématographiques à succès (*Papillon*[2], *Midnight express*[3]) émergent, militant pour une autre prison.

C'est dans cette mouvance que Jean-Claude Deffet rejoint les ténèbres pour l'exécution d'une longue peine. Considéré comme extrêmement nocif, il est placé en section spéciale, sous régime de haute sécurité. Pas d'effets personnels, «visite à carreaux»: c'est-à-dire, dans le jargon des prisons, derrière une vitre blindée et sous surveillance constante. «J'ai dû attendre un an et demi avant de pouvoir accéder à ma première visite familiale autour d'une table. Dans ma cellule, je n'avais strictement rien, même pas une radio. Pour passer le temps, j'écrivais et j'apprenais l'anglais et l'espagnol sur des fiches que les gardiens me passaient par l'œilleton».

Le travail pénitentiaire est mal payé, pourtant il est indispensable pour se procurer quelques extras: cigarettes, fruits, produits de toilette. Fabrication de lacets, montage de pièces détachées, emballages et conditionnements divers, les rares activités professionnelles sont réservées aux «bons» détenus. Jean-Claude n'y a pas droit. L'administration ne lui fait pas

---

1. *Surveiller et punir*, Michel Foucault, Éditions Gallimard, 1975.
2. *Papillon* est un film américain sorti en 1973 et réalisé par Franklin J. Schaffner, tiré de l'autobiographie d'Henri Charrière, dit «Papillon», avec Steve McQueen et Dustin Hoffman dans les rôles principaux. L'œuvre décrit les conditions inhumaines de détention dans les bagnes en Guyane, dont le pénitencier de Cayenne.
3. *Midnight Express* est un film américano-britannique réalisé par Alan Parker, sorti en 1978. Il raconte l'histoire de William Hayes, arrêté et emprisonné en Turquie en 1970. Il y découvre les prisons les plus horribles du pays.

En prison, Jean-Claude note chaque événement dans son journal.

confiance. Si on le sort de sa cage, quand il veut bien en sortir, rien n'est garanti ! « Je m'amusais à bloquer la porte avec le pied de ma table. Les matons avaient beau forcer, impossible ! Le seul truc, c'est qu'à un moment donné, il fallait bien ouvrir. Et là, je me faisais ramasser à la lance à incendie. La pression me propulsait contre le mur. De quoi sonner un bœuf ! »

Lorsqu'il est calme, assis sur sa paillasse, l'effronté passe son temps comme il peut. « Je déchirais des morceaux de draps pour en faire de petites mèches. Je laissais fondre le maigre bloc de margarine que l'on recevait pour tartiner du pain sec. Je récupérais l'huile et j'avais une bougie ». Dans l'obscurité de sa tanière, désœuvré, son imagination vagabonde. Patiemment, il complète la réalisation de ses tatouages corporels. « J'arrivais à obtenir de l'encre en mélangeant du caoutchouc brûlé avec de la graisse. Je serais les dents à les faire grincer et j'entaillais. La douleur de l'aiguille me donnait des sueurs froides. »

Le rebelle ne veut pas perdre ses repères temporels. La ligne du temps va être longue. Il tient un livre journal dans un petit carnet rouge. « Journée normale », « visite avocat », « visite parents », « opération dentaire », « visite conseillère morale », « fête de la dynastie », « un an de fait, ouf ! », « premiers bouquins », « troisième Noël en taule », « j'ai vingt-neuf ans », « colis reçu », « grève des matons », « je suis amoureux », « c'est Pâques », « 1100 jours », « visite docteur », « Robert est libéré », « entretien psychologue », « Nouvel An, et de quatre ! » À coup de « journées normales », les années s'égrènent au compte-goutte. Un calvaire partagé, dans le sablier, par ses geôliers. « Rapport disciplinaire huit jours », « révolte à la prison », « rapport du directeur », « bagarre », « mitard », « bagarre avec le complice d'Habran », « rapport adjudant », « quatre jours de punition », « bagarre », « pas de préau pendant un mois » : au cours de sa détention, l'homme se montre perpétuellement ingérable. Suite à des incitations au soulèvement, rixes, insubordinations, l'insurgé doit être régulièrement recadré et séparé des autres détenus. En dernier ressort, pour briser son ascendant sur les autres, il est transféré d'un établissement carcéral à l'autre : Saint-Gilles, Louvain-centrale, Verviers, Namur, il les fera tous. Ses congés pénitentiaires sont systématiquement refusés car on sait qu'il ne reviendrait pas. Il passe des heures au cachot. « J'y suis parfois resté quinze jours d'affilée. Ils m'envoyaient juste le toubib pour me mettre des gouttes dans les yeux. Quand on reste dans le noir tout le temps, ils s'assèchent. Je ne savais même plus cligner des paupières. »

Cellule 96, trois mois avant sa libération, Jean-Claude est placé en trio. Il doit se resociabiliser pour préparer sa sortie. Les entretiens avec la psychologue et l'assistance sociale s'intensifient. Nouvel incident. Un de ses codétenus est retrouvé pendu dans la cellule commune. Une enquête est ouverte. « On devait enlever nos ceinturons tous les soirs et les pendre dans le couloir. Un soir, il s'est arrangé pour garder sa ceinture et il s'est suicidé. L'autre type et moi, on dormait. On n'a rien vu ni entendu ». Affaire classée.

Cellule 31, nouveau trio. Jean-Claude est confiné, cette fois, avec un vieux loup docile en fin de parcours et un tout jeune gamin. « Bon, j'avoue que j'ai commencé à un peu titiller le p'tit. Je l'embêtais tout le temps. En fait, je ne le lâchais pas. Il a fini par aller se plaindre au dirlo. J'ai pris trois mois de plus… »

Jocelyne

En octobre 1979, Jean-Claude est libéré. Il aura passé depuis le début de sa carrière douze ans, six mois et 23 jours de détention. Sa dernière condamnation est purgée. Il est allé à fond de peine. Comme souvent, dans la plus pure tradition du genre, c'est par un coup du destin ou par une femme que le vent tourne.

Durant son incarcération, le banni a entretenu diverses correspondances féminines. Redevenu un homme libre, il a l'embarras du choix et plusieurs points de chute. « J'ai d'abord été chez l'une d'entre elles. Pourquoi elle et pas une autre ? Je ne sais pas ». La jeune demoiselle habite chez ses parents. Ils grincent des dents. « Ils n'étaient pas ravis du tout. Ils m'ont vite fait comprendre que je ne pouvais pas rester là ». Jean-Claude doit changer de crèmerie. Il lui faut un autre toit. « J'ai rencontré une tenancière de bar à Lausprelle. Je lui ai demandé de se mettre avec moi. Elle a dit oui et on a emménagé ensemble ». Instable, Jean-Claude tourne rapidement en rond. Sans surprise, il se lasse. « Je suis reparti chercher la première fille. Je lui ai proposé de me suivre et on est allé habiter chez mon frère Daniel à Bruxelles ». Le frère de Jean-Claude est marié. Et c'est là où l'histoire familiale déraille.

La première fois que Jean-Claude avait croisé Jocelyne, elle avait dix-sept ans. C'était une amie de sa sœur Murielle. « J'ai tout de suite été attiré par cette belle petite rousse qui se coiffait à la Julie Driscoll[1] ». Cheveux coupés à la garçonne, elle est la copie conforme de Marlène Jobert. « Elle fréquentait déjà mon frère. Donc, je n'ai rien tenté ». L'effronté ne tente rien, il *dit* : « Le jour de leur mariage, j'ai clairement affirmé à Jocelyne qu'un jour elle serait à moi. Mon frère l'a mal pris. Ça a été la grosse bagarre ! »

Lorsque Jean-Claude débarque avec sa compagne chez sa belle-sœur, Jocelyne a la bague au doigt depuis huit ans et six mois. Le couple bat de l'aile. Daniel n'est pas facile à vivre. Pour la divertir, Jean-Claude sort la belle. Ils se promènent. Ils vont boire des godets. L'alchimie amoureuse fait son œuvre. Le 8 février 1980, Jocelyne embarque sa fille Angélique sous le bras et quitte Daniel pour son frère Jean-Claude. La guerre est ouverte. Le mari éconduit est furieux et les proches désapprouvent.

Pour fuir les conflits, le nouveau couple part s'installer du côté d'Alost. Ils élisent domicile dans la rue où se déroulera, le 9 novembre 1985, l'attaque du Delhaize qui ponctuera le carnage meurtrier des « Tueurs du Brabant »[2]. Cela ne s'invente pas. « Jocelyne était au supermarché dix minutes avant le drame. Elle était partie chercher des trucs. On attendait une vingtaine de personnes chez nous pour une petite fête familiale. » L'ex-repris de justice n'est pas contrôlé quant à son emploi du temps. Pas de suites.

Jean-Claude semble rangé, sur un rail. Il est conducteur de travaux aux entreprises Van Eyck. Jocelyne travaille comme chef d'équipe, opératrice machine, chez Solar Press, une imprimerie locale. Le 23 février 1981, le révolté, momentanément apaisé, devient père. Une petite fille, Cindy, voit le jour.

---

1. Julie Driscoll est une chanteuse de rock britannique, très populaire dans les années 1960 et 1970.
2. Les « Tueries du Brabant » sont des braquages sanglants qui ont endeuillé la Belgique entre 1982 et 1985. Ils ont coûté la vie à 28 personnes.

Ce n'est pas tous les jours que l'on épouse successivement deux frères. L'État s'y oppose. Jacques Mesrine avait sa Jocelyne[1]. Jean-Claude aura la sienne! Lui qui est si fier d'avoir rencontré, au croisement de leurs ambitions, devenir ennemi public n°1 chacun dans son pays, le bandit français de légende dans un bar parisien, du côté de Barbès, un soir d'octobre 1979. Après un parcours du combattant administratif, le couple obstiné obtient enfin l'autorisation de se marier le 16 novembre 1993.

« Derrière chaque grand homme, il y a une femme encore plus grande », dit l'adage. Comme Mae Coughlin Capone[2], Jocelyne sera, pendant quarante ans de vie commune, fidèle à un homme, une tombe et son ange gardien.

Police Fédérale – Section Banditisme – Extraits de procès-verbaux – 1995 à 2006

Question : Arrive-t-il souvent que votre mari négocie des ventes d'armes ?

Réponse : Jamais.

Question : Quelle est la personne qui a fourni un FM Sten à votre mari ?

Réponse : Personne puisque cette arme n'existe pas.

Question : À qui étaient destinées la mitrailleuse Minimi et le fusil d'assaut Kalachnikov ?

Réponse : Mon mari ne fournit pas d'armes.

Question : Que savez-vous exactement sur le trafic d'explosifs organisé par votre mari ?

---

1. Jacques Mesrine rencontre Jocelyne Deraiche au Canada. Elle est caissière dans un supermarché de Montréal. Elle quittera tout pour suivre le hors-la-loi en France.

2. Mae Coughlin, aussi connue sous le nom Joséphine, sera l'épouse d'Al Capone. Elle lui donnera son fils unique, Albert Francis Capone (alias Sonny Capone). Trafiquante d'alcool à la grande époque de la prohibition, contrairement à son mari, elle ne verra jamais l'intérieur d'une cellule et mourra en 1986 chez elle à Hollywood.

La première fois que Jean-Claude avait croisé Jocelyne,
elle avait dix-sept ans.

Réponse : Rien. Il n'organise rien du tout.

Question : Quelles sont les autres sources d'approvisionnement en armes et explosifs de Jean-Claude Deffet ?

Réponse : Je vous répète que Jean-Claude ne s'occupe ni d'armes ni d'explosifs.

Question : Est-il vrai que votre mari réalise certaines transactions dans le hall de votre domicile ?

Réponse : Quand mon mari reçoit des amis, je les laisse parler. Je vais dans la cuisine (…)

Question : Quelles relations votre mari entretient avec ces personnes ?

Réponse : Je viens de vous répondre.

Question : Votre mari fait quoi quand il emprunte votre voiture ?

Réponse : Je ne lui demande jamais où il va quand il sort.

En 1999, le surendettement hante et enlise le ménage. Jean-Claude doit toujours plus de septante-deux millions de francs belges de frais de procédure, indemnités de justice et amendes pénales à l'État. Seule solution, une médiation de dettes. Il faut un avocat. Jocelyne ouvre l'annuaire téléphonique. Maître Alex V. L. fera l'affaire. « On s'est déplacé jusqu'à son cabinet et on lui a tout expliqué. Les huissiers étaient à notre porte. On devait quitter la maison ».

« Hors des lignes », l'homme de loi fait une proposition malhonnête pour le moins inattendue. Puisque Jean-Claude s'y connaît en matos, pour arrondir ses fins de mois, pourquoi ne pas revendre des armes au marché noir ? Il ne faut pas longtemps pour le convaincre. Les parties tombent d'accord. Rendez-vous est fixé, pour la première transaction, à la patinoire d'Alost. « J'ai vu un type arriver à moto. On s'est fait un signe. C'était lui. Je lui ai donné le flingue et il m'a donné le fric ». Ce premier contact initie une série d'échanges avec Chris Vandevelde, le truand, non le cycliste qui fera, quelques années plus tard, l'actualité du dopage sportif.

L'an 2000 marque le passage à l'euro et la déconfiture pour les Deffet. Il est 7h00. Les locaux de Solar Press sont encore presque vides. Le service d'entretien vient de passer. Alors qu'elle remplace un couteau devant une machine de découpe, Jocelyne glisse sur le sol encore savonneux. Bilan : épaule cassée, opérations à répétition et un an d'incapacité de travail. Jean-Claude ne va pas mieux. Il a des problèmes d'estomac. Une ancienne tuberculose se réveille. Le corps se déglingue. Les pronostics du médecin ne sont pas engageants. Retour sur Charleroi. Jean-Claude se pose. Jocelyne reprend un café, « Chez Jo ». Ils vont être grands-parents. Cindy est enceinte. « C'est ta vie de brigand ou c'est nous ! », un ultimatum est posé au loup vieillissant. Jocelyne exige, à présent, un peu d'ordre. Désœuvré, Jean-Claude boit. La cirrhose guette. Il recommence à traficoter avec les patibulaires du quartier. Après tout, il ne sait faire que ça. « Cela partait d'un bon sentiment. Le toubib m'avait dit qu'avec l'état de mon foie, j'étais condamné. J'ai voulu mettre ma famille à l'abri ! »

Humour cruel

Entre le 1er juillet et le 26 août 2000, un commando franco-belge, très bien organisé, se livre à des braquages à mains armées dans le nord de la France et à la frontière belge. Trois grandes surfaces de Valenciennes sont successivement prises d'assaut par une dizaine de gangsters cagoulés. « L'artillerie lourde » est utilisée. Dans un des braquages, une caissière est prise en otage et conduite jusqu'au coffre. Allongée par terre, elle est rouée de coups de pieds. Dans un autre, un vigile est blessé par l'explosion d'une vitre. Par commissions rogatoires[1] et échanges d'informations la gendarmerie de Charleroi et la PJ de Lille sont conjointement sur le coup.

À la même période, un double braquage à Gosselies, un hold-up à la clinique Saint-Joseph de Gilly et un *home-jacking* à Leernes sont commis. Au cours de cette effraction domiciliaire, en brisant une porte vitrée à la masse, l'un des auteurs se blesse. Il perd beaucoup de sang sur place. C'est son ADN qui permet aux enquêteurs de remonter jusqu'à un certain Giovanni Parisi. Interrogé et confondu, l'homme reconnaît sa participation.

---

1. Une commission rogatoire internationale est une mission donnée par un juge à toute autorité judiciaire relevant d'un autre État de procéder en son nom à des mesures d'instruction ou à d'autres actes judiciaires.

Les indices accumulés permettent de remonter vers d'autres personnes potentiellement impliquées. Surveillés pendant plusieurs mois, sept membres de la bande finissent par être interceptés in extremis. Ils préparaient une nouvelle attaque, un fourgon blindé. Des fusils-mitrailleurs de gros calibre et des gilets pare-balles sont saisis. Huit personnes sont écrouées pour association de malfaiteurs. Parmi les prévenus : Franck Calcus, Chris Vandevelde, Claude Leveau, Pascal Allard, Giovanni Parisi, Alain Lebrun et Walter Scamosi dit « Juventus ».

Jean-Claude Deffet réapparaît dans le paysage judiciaire. Il est dans le viseur des enquêteurs. Certains gangsters le désignent comme étant l'une des têtes pensantes de l'équipe. Son alibi, une visite aux urgences de l'hôpital de Châtelet. Aucune trace dans les registres de l'établissement. « On est venu m'arrêter chez moi. Je n'y peux rien si j'ai des amis en France. Qu'est-ce que j'en sais moi que ce sont des braqueurs ? Oui, j'ai fourni une mitrailleuse de collection. Mais elle était démilitarisée. S'ils l'ont remise en état de marche après, je ne suis pas responsable. »[1]

À la suite de prélèvements, des traces d'ADN de Jean-Claude sont retrouvées sur les masques de carnaval qui ont servis aux hold-up : Rambo, Michael Jackson, Arnold Schwartzenegger. Les déguisements proviennent, de surcroît, d'un célèbre magasin de farces et attrapes de Charleroi. Interrogé, Jean-Claude ne nie pas les avoir achetés et les avoir fournis. Il nuance : « M'enfin, je pensais qu'ils en avaient besoin pour faire la fête. Je n'ai pas cherché plus loin. C'est tout ! » « Et la Peugeot 406 verte aperçue près de la station d'épuration, et la Ford Sierra, qui proviennent toutes deux de Charleroi, c'est aussi pour faire la fête ? », lui rétorquent les enquêteurs. Réponse : « Faut croire que c'est juste un malheureux hasard. »

Dans un procès-verbal rédigé par le SRPJ de Lille, plusieurs témoins décrivent l'un des occupants ayant pris place à bord de

---

1. « Devoir d'enquête », RTL-TVI, octobre 2009.

la Ford comme étant «très grand, plus d'un mètre nonante, corpulent, aux yeux clairs et portant une longue queue de cheval», une description qui correspond à celle de Jean-Claude. Anecdote à charge supplémentaire, lors d'une perquisition, des bas noirs seront retrouvés dans le coffre de son véhicule. «C'est à ma femme, pour l'enterrement de sa grand-mère», justifie-t-il presqu'indigné.

Le 20 avril 2007, questionné sous polygraphe, il apparaît que Jean-Claude répond mensongèrement aux questions des enquêteurs. Il déclare en retour ne pas avoir menti et s'interroge, non sans une pointe d'ironie, quant au bon fonctionnement du détecteur de mensonge. «Il ne marche pas votre engin. J'ai soixante ans, j'ai déjà fait plus de dix ans de prison. Là, je n'y suis pour rien!»

Et pourtant, devant le tribunal correctionnel de Charleroi, Franck Calcus affirme : «Jean-Claude m'a demandé de faire soit un casino, soit un camion de transport de fonds». Dany Amico, un autre prévenu, affirme avoir véhiculé Leveau, Deffet et un «blond-roux». Chris Vandevelde balance aussi: «Alors que Franck est resté à bord du véhicule, nous sommes rentrés dans le magasin et moi, j'ai braqué avec mon Browning, en compagnie de Claude Leveau, Jean-Claude Deffet et un autre individu que je ne connais pas.» Toujours prompt à la détente verbale, «Si on avait soi-disant des cagoules, on n'a pas pu être reconnus, vous ne pouvez donc pas dire que j'y étais!», rétorque le filou aux magistrats.

Plaidoiries terminées, le procureur du roi requiert son verdict. Jean-Claude est condamné à cinq ans de prison ferme. En octobre 2007, maître Étienne Gras, son avocat, plaide devant la cour d'appel de Mons le dépassement du délai raisonnable pour être jugé[1]. Le truand écope cette fois d'une peine de prison de quatre ans, mais avec sursis total pour ce qui excède la détention préventive. Jean-Claude reste un homme libre.

---

1. Article 21 *ter* du Code d'instruction criminelle.

Vrai filou, faux naïf? Suspecté dans de nombreux dossiers judiciaires, moultes fois questionné, Jean-Claude joue invariablement la carte du cynisme, son atout charme. D'une transaction qui aurait eu lieu dans une station-service située à quelques mètres de son domicile, il dira: «On m'a vu donner une mallette à un gars. Soit. Deux jours plus tard, les flics ont débarqué prétendant que j'avais livré des armes. Eh bien, c'était une collection de timbres! Ce n'est tout de même pas de ma faute si je suis toujours au mauvais endroit, au mauvais moment!» Trait de caractère certain du parrain carolo, il ne se démonte jamais. Faute de preuves, les poursuites seront classées sans suite et le «philatéliste» ne sera pas inquiété. L'humour est cruel...

Opération *Undercover*

Entre le dernier trimestre 2003 et mars 2005, des informations parviennent à la Police Fédérale. Les inspecteurs actent dans un PV : « L'intéressé persévérerait dans la détention ou la vente illégale d'armes, anciennement classifiées armes de défense et de guerre, ainsi que d'explosifs ». Jean-Claude Deffet se fournirait à Alost auprès d'un surnommé « le Gros ». L'affaire est prise au sérieux.

Mise sur écoute, filatures : pour le faire tomber, les enquêteurs décide de mener une vaste opération *undercover*. Leur atout charme : un agent de l'État sous couverture. L'infiltration commence fin avril 2005. Durant quatorze mois, « l'infiltré »[1] va apprivoiser le suspect et son entourage. Le but de « Patrick », devenir son ami et feindre d'être intéressé par l'achat d'armes

---

1. « L'Infiltré » est un téléfilm français, inspiré de faits réels, réalisé par Giacomo Battiato en 2011. Au début des années 1980, la France, et notamment Paris, est en proie à une vague d'attentats meurtriers sans précédent. Le 9 août 1982, une bombe explose chez Goldenberg, un restaurant juif de la rue des Rosiers. Le bilan : six morts et vingt-deux blessés. Un homme est soupçonné d'avoir commandité cet attentat sanglant : Abou Nidal, le chef du mouvement palestinien Fatah-Conseil révolutionnaire. Pour le faire tomber, les services secrets français décident de placer un homme de confiance dans sa garde rapprochée. Une taupe, Issam Mourad, est infiltrée dans le mouvement.

Des traces d'ADN de Jean-Claude Deffet seront retrouvées sur les masques de carnaval qui ont servis pour des *hold-up*.

Le stock américain où Jean-Claude Deffet se fournit en armes démilitarisées.

de guerre. Le piège, attraper le truand en flagrant délit. La machine est en place. Entre le joueur d'échec et le pion, les manipulations seront stratégiques.

La porte du café de Jocelyne, « Chez Jo », s'ouvre. Installée au bar de l'estaminet, la silhouette imposante de Jean-Claude se dessine dans la pénombre. « Bonjour, je m'appelle Pat. Le boss est là ? C'est un ami qui m'envoie ». Une fois les amis communs vérifiés, la glace se rompt. La conversation s'engage. Elle chauffe jusqu'à la première cuite. Les effluves d'alcool créent des liens. Un rendez-vous de comptoir est pris pour le lendemain. « J'avoue que c'était bien monté. Il a ensuite mis du temps à gagner ma confiance et il y est presque arrivé ! »

Après plusieurs semaines, sentant le poisson ferré, l'agent infiltré va proposer un premier contrat à Jean-Claude. « Il est arrivé un jour chez moi et m'a demandé si je pouvais escorter un camion de marchandises, sur une cinquantaine de kilomètres, jusqu'à la frontière française. Je n'ai pas posé de questions sur son contenu. J'ai accepté. Je devais rouler en éclaireur, histoire de voir si la route était bien dégagée, sans flics, ce que j'ai fait. J'ai pris les 30.000 francs belges et je me suis barré. J'avoue que j'ai trouvé ça bien payé ! »

Le piège a facilement opéré. « Patrick » garde la main. Il monte la pression d'un cran et suggère une seconde mission plus alléchante à Jean-Claude. « Il m'a proposé de l'accompagner sur un parking, du côté de Ternat, pour le protéger pendant une transaction d'argent et de diamants. On est arrivé là. Il y avait plusieurs voitures, avec des plaques hollandaises et anglaises. Des gars en sont sortis, lunettes noires, flingues à la ceinture, dont un black hyper balaise. Il portait un rail de bijoux. Impressionnant ! Ils avaient tout du milieu. C'était la grande mise en scène ! ». Les hommes sont des policiers déguisés en malfrats. Jean-Claude n'y voit que du feu. Opération réussie.

La « cible » est presque « cuite ». La confiance est établie. Jean-Claude va demander à emprunter 2.000 francs à Patrick. Il propose de le rembourser par la remise d'armes gratuites, dont deux M16 qui se trouverait chez son fils. L'agent peut tenter d'asséner le coup de grâce. Erreur de débutant, il va faire preuve d'impatience.

SAJ de Charleroi – Retranscription d'une conversation téléphonique entre Jean-Claude Deffet et l'UCT[1] Agent – 23.01.2006 à 21:31:56 pour une durée de 00:02:26

JC : Allô ?
UCT : Oui, salut. C'est Patrick. Comment vas-tu ?
JC : Salut Patrick !
UCT : Ça va ? En forme ?
JC : Je les attends. Je ne les ai pas encore vus, mais je sais que c'est du bon. Mais pour les carrelages, je les attends. Je les attends d'une minute à l'autre.
UCT : Je peux te resonner d'ici une petite heure ?
JC : Ouais, une petite heure. Sonne-moi, ça va.
UCT : Ainsi, on sait quoi pour moi.
JC : Ça va, ouais.
UCT : Je ne me déplace pas pour rien demain.
JC : Non, non, surtout pas pour rien demain.
UCT : Ça va, OK. Je te rappelle tantôt hein…

SAJ de Charleroi – Retranscription d'une conversation téléphonique entre Jean-Claude Deffet et l'UCT – 23.01.2006 à 21:31:56 pour une durée de 00:02:26

JC : Salut Patrick !
UCT : Et alors ?
JC : Je sais que c'est bon. Je … Tout ce que je peux dire, c'est que c'est bon. J'ai reçu un coup de fil qui m'a dit que le carrelage…
UCT : Ouais…

---

1. Agent infiltré – *Undercover Agent*

JC : ... était bon. Et il y avait, euh... 9 m²
UCT : Ouais, 9 m², c'est ...
JC : 9 m², c'est tout ce que je sais. Je ne sais pas, euh... 'fin, 9 m², quoi. Tu vois ?
UCT : Ouais, ouais.
JC : Au prix qu'il m'avait dit qu'il laissait quoi, tu vois ?
UCT : Ouais...
JC : À mille deux cent cinquante euros.
UCT : Ouais...
JC : J'attends encore un coup de fil, tu vois.
UCT : Oui parce que moi je ne sais pas venir, euh, avec, euh...
JC : Non, non, ne bouge pas. Je sais que c'est oui, hein. Mais je ne les ai, euh, je n'ai toujours pas le carrelage.
UCT : Ouais...
JC : Et aller le chercher, donc tu vois...
UCT : Ouais, ouais...
JC : Donc, je veux être certain à cent pour cent.
UCT : Ouais...
JC : Je sais que c'est bon, mais je n'ai toujours pas d'adresse pour aller le chercher.
UCT : Ouais...
JC : C'est qu'il faut regarder à tout...
UCT : Tu n'auras donc rien pour demain matin ?
JC : Non...

Le joujou préféré des braqueurs est dans le collimateur de « Patrick ». Il a pour mission de démonter la filière des MG42[1] ».

---

1. Créée en 1942 (d'où son nom) par la firme allemande Johannes Grossfuss AG, cette mitrailleuse lourde succède à la MG 34. La MG 42 possède la cadence de tir la plus rapide de toutes les mitrailleuses de la Seconde Guerre mondiale (jusqu'à 1800 coups/min pour certaines). Elle est particulièrement prisée des braqueurs. Elle peut éventrer un fourgon blindé en quelques secondes.

« Il me répétait trop souvent qu'il voulait des armes lourdes et des explosifs. Cela m'a mis la puce à l'oreille. Et puis Jocelyne ne le sentait pas. Elle trouvait que ça puait le flic à plein nez ».

L'insistance est fatale. Le coup de filet ne sera pas bien gras. « Je lui ai finalement livré deux caisses de grenades factices MKII désamorcées achetées tout-à-fait légalement au stock américain de Baisy-Thy. On aurait dit des vraies. La grosse blague ! »

Mécontent, « Patrick » revient le lendemain sonner à la porte de Jean-Claude. « Tu m'as bien eu ! On ne joue plus, livre-moi du lourd et tu remontes dans mon estime ! » Deuxième erreur. Il ne veut pas reprendre l'argent versé pour les grenades. « C'était vraiment un bleu ! » Le 8 mai 2005, sera une journée de divertissement pour Jean-Claude. « Je l'ai tranquillement emmené chez un collectionneur d'Alost pour prendre possession d'un Uzi[1] démilitarisé. Il n'y a rien d'illégal ».

L'agent infiltré est grillé. Les dix-sept perquisitions, réalisées dans les jours qui suivent ne donnent que peu de résultat. Trente policiers déférés ramènent, dans leurs filets, une maigre pêche : quelques armes à feu, des boîtes de cartouches Fiocchi 9 mm et Gévelot 8 mm, des chargeurs vides, des bouchons allumeurs pour grenade, mais pas l'arsenal attendu par les enquêteurs. « Bon, j'avoue que c'était quand même vachement bien monté, mais tout ça pour ça ! J'ai vraiment failli me faire avoir ! »

Jean-Claude est privé de liberté. Durant l'instruction, le fonctionnaire de contact affirme en audition s'être bel et bien vu proposé des dizaines d'armes en tout genre, armes de poing, Kalachnikov et mitrailleuses Minimi[2]. Dans les relevés de téléphonie, les enquêteurs constatent que le terme « carrelage » est

---

1. Inspiré des pistolets mitrailleurs tchèques, développé par Uziel Gal (1923-2002) à partir de 1948 en Israël, l'Uzi est un pistolet-mitrailleur israélien produit à plus de 10 millions d'exemplaires dans toutes ses versions par les Israel Military Industries (IMI).

2. La FN Minimi (pour « Mini-mitrailleuse ») est une mitrailleuse légère de conception belge fabriquée par la FN Herstal depuis les années 1970. Connue également sous le nom de M249 SAW (version modifiée pour l'US Army), elle apparaît dans de nombreux films et jeux vidéo.

utilisé pour désigner la vente de grenades. Des mitrailleuses FM Sten et des pistolets Glock sont également évoqués pour un prix de 1200 euros l'unité.

Devant le tribunal correctionnel de Charleroi, le prévenu, comme à son habitude, dément les faits qui lui sont reprochés. Les pistolets qu'il a effectivement proposés et montrés à « Patrick » sont des pistolets d'alarme « répliques »[1], rien de plus ! « La montagne a accouché d'une souris », défend en plaidoirie, Maître Étienne Gras, son avocat.

Après trois mois de détention préventive, Jean-Claude est relaxé. Arrêté à l'automne, c'est devant un bon feu de bois qu'il passe les fêtes de Noël suivantes. C'est « *L'année Sainte* »[2]. La police fédérale a été, de main de maître et en bonne et due forme, dupée.

---

1. Les armes dites d'alarme sont des imitations des armes de poing destinées à effrayer une tierce personne par le bruit, en lui faisant croire que l'on est armé et l'inciter à fuir. Ces armes sont réglementées par l'arrêté royal du 18 novembre 1996, modifié par l'arrêté royal du 29 décembre 2006. Une homologation, délivrée au fabricant d'armes ou à l'armurier, atteste que tel modèle de pistolet ou de revolver d'alarme n'est pas apte ou ne peut être aisément rendu apte au lancement d'un projectile solide, liquide ou gazeux. Autrement dit, afin d'être admis en vente libre, un pistolet d'alarme ne peut faire que du bruit.

2. *L'Année Sainte* est un film français réalisé par Jean Girault, sorti en 1976, avec Jean Gabin dans le rôle principal.

Infiltrations et provocations

Pourquoi une infiltration d'une telle envergure? Des PV versés au dossier, il apparaît que Deffet était soupçonné d'être le maillon principal d'un vaste réseau de trafic d'armes. Les livraisons auraient été destinées à Alexandre Varga.

Figure bien connue du grand banditisme, Varga, ex-réfugié politique hongrois, est l'un des principaux auteurs du casse dit «du Conforama» perpétré, en 1989 à Charleroi. Il s'agit en réalité du siège de la Poste de Charleroi, qui occupe les anciens entrepôts d'un magasin de meubles. Sans qu'il soit fait usage de la violence, les postiers sont délestés de près de deux cent cinquante-sept millions de francs belges. Beau prince, le bandit fantasque laisse un pourboire de quarante-trois millions au personnel présent.

Provocateur, Varga prétend ne gagner que mille euros par mois, mais roule en Audi S8. Il mène grand train à la barbe des policiers. Dans les troquets qui marquent ses habitudes, Alex dit «le flamboyant» paie des tournées générales à foison. Ces largesses ne l'empêcheront pas d'être condamné, en 1998, par la cour d'appel de Mons, à quatre ans de prison avec sursis partiel pour ces faits. Le butin ne sera, quant à lui, jamais retrouvé.

En novembre 2007, Alexandre Varga[1] est à nouveau sous les projecteurs de la Justice. Il est condamné à dix-huit ans de prison pour braquage. Entre le 11 décembre 1997 et le 19 juillet 2000, il participe à quatre attaques de fourgons à Villers-le-Bouillet, Vilvoorde, Steenokkerzeel et Wandre. Et c'est là que Jean-Claude entre en scène en qualité de fournisseur d'armes suspecté. Par le passé, il a fourni, par personne interposée, un avocat à Varga dans le cadre d'une précédente affaire. Il prétend ne pas le connaître autrement que par voie de presse. Les enquêteurs ne le croient pas. La traque est lancée.

« Je ne sais pas combien de flics étaient sur l'opération ni combien cela a coûté. Mais ils m'ont suivi jour et nuit, pendant des mois. J'étais filmé, il y avait des caméras placées sur la route de Couillet, sous le pont et sur la façade d'un garage près de chez moi. On me laissait tout faire, même rouler sans permis, alors que j'ai été déchu à vie à cause de mes condamnations. Un jour, j'ai été arrêté au volant par deux policiers de l'antigang de Charleroi. Ils m'ont laissé repartir ! Un flic à la retraite que je connaissais m'a fait comprendre que c'étaient des ordres qui venaient de très haut. J'appelle cela de la provocation. Ils ont essayé de me pousser à la faute. Ils ont mis un bifteck devant un chien en espérant qu'il le vole… pour le bastonner ensuite ! »

Pour coincer un coupable, l'infiltration et la provocation font clairement partie des techniques utilisées. La fin justifie-t-elle les moyens utilisés, l'excès de zèle policier ? La police infiltrée pousse-t-elle à commettre des infractions ? Pour Kris Daels, ancien membre de l'unité antiterroriste de la gendarmerie et ancien agent de renseignement, « pénétrer un milieu qui n'est pas le sien est excitant. Mais il y a des garde-fous : les agents fédéraux ne sont pas des Bond 007. S'introduire dans

---

1. À la suite de cette dernière condamnation, après plusieurs tentatives d'évasion et suicides ratés, Alexandre Varga se donnera la mort en cellule la nuit du 17 janvier 2010, en s'étouffant avec son pyjama.

En haut : mitrailleuse allemande MG 42 1250 coups/minutes
Dessous : mitraillette allemande Schmeisser MP 40
À gauche : boîte à balles et chapelet de balles.
Du centre vers la droite : petite arme de poing 635 et son chargeur, pistolet moyen : 765 CZ, grand revolver : Smith & Wesson 38 spécial, grenade MILS, revolver de poing 9 mm.

Jean-Claude Deffet et son complice nettoyeur d'armes Éric Hillaert.

INFILTRATIONS ET PROVOCATIONS

Les mêmes, dans une rue de Châtelet.

Le joujou préféré des braqueurs est l'objectif de l'agent *undercover*.
Il a pour mission de démonter la filière des MG42.

une maison pour mettre des micros ou forcer une voiture pour y placer des émetteurs est contraire à la loi. Il faut donc de sérieux soupçons d'implication dans un délit grave pour pouvoir le faire. Le principe est clair. L'intervention doit être proportionnelle au but recherché. Pousser au passage à l'acte est interdit. Nous sommes formés à la non-incitation au crime. C'est toujours le criminel qui doit nous faire une proposition »[1]. Toute provocation policière est prohibée[2]. »

Observation, infiltration, pseudo-achat, pseudo-vente, « light cover » et « deep cover[3] » renforcent considérablement les pouvoirs de la police. « Particulières »[4], ces méthodes rusées s'apparentent au travail des services de renseignement. Dans le cadre d'une enquête proactive, une recherche policière peut avoir lieu en dehors de la constatation de toute infraction. Il faut toutefois « une suspicion raisonnable que des faits punissables vont être commis »[5]. Si ces outils sont particulièrement utiles dans la lutte contre la criminalité organisée, leur application concrète n'est cependant pas chose aisée.

---

1. Kris Daels est entré en 1986 dans le corps d'élite de la gendarmerie, le fameux groupe Diane. Dix ans plus tard, il devient agent de renseignement et opère sous le nom de code « Alpha 20 ». Il publie en 2008, *Alpha 20, un agent secret belge raconte*, Éditions Jourdan.

2. La provocation policière, qui consiste à renforcer dans le chef d'un suspect la volonté de commettre un acte délictueux, est prohibée par l'article 30 du code d'instruction criminelle et par l'article 6 de la Convention européenne des droits de l'homme.

3. Gradations dans les moyens utilisées lors de missions de surveillance et d'infiltration.

4. Loi du 6 janvier 2003 concernant les méthodes particulières de recherche et quelques autres méthodes d'enquête, publiée au Moniteur Belge le 2 mai 2003. Ces méthodes sont dites *particulières* car elles sont susceptibles de porter atteinte aux droits fondamentaux, tels que le respect de la vie privée et le droit à un procès équitable. Elles remettent aussi en cause des principes de procédure pénale tels que le principe de loyauté dans la collecte des moyens de preuve.

5. Loi Franchimont du 12 mars 1998, qui doit son nom au pénaliste belge Michel Franchimont.

Chatouiller la cible, la pratique est historiquement courante. Dans les années cinquante déjà, certains agents des douanes et accises poussaient la porte d'établissements censés ne pas débiter de l'alcool et commandaient une boisson alcoolisée pour aussitôt verbaliser.

Le 9 décembre 2005, des policiers bruxellois piègent des suspects à la voiture-appât. Le véhicule est stationné dans un endroit sujet à vols récurrents. Des objets, tels qu'un ordinateur, y sont laissés de manière visible. En octobre 2006, la 57e chambre du tribunal correctionnel de Bruxelles déclare la nullité des poursuites. Il prononce un acquittement technique. Il y a eu provocation. Revirement total de la jurisprudence le 14 mars 2007 : la Cour d'appel estime qu'il n'y a pas de provocation à utiliser ce type d'appât de la part de la police. Celle-ci n'a fait que reproduire sans excès une scène banale de la vie quotidienne et elle a évité tout contact direct avec les auteurs. La cause est entendue. La pratique de l'appât policier est jugée légale.

En 2014, la Cour européenne des droits de l'homme donne gain de cause, cette fois, à un plaignant allemand[1]. Le requérant a été approché par des agents de police infiltrés. Il doit les mettre en contact avec l'un de ses amis, soupçonné de trafic de stupéfiants. Après avoir eu des doutes quant à sa participation à des transactions, les agents infiltrés vont le pousser à y prendre part. Il est arrêté et condamné. Les juges ont estimé que l'infiltration policière en question était allée au-delà de la simple enquête passive et qu'elle constituait une provocation policière au passage à l'acte.

Réalité de terrain, le coût financier et humain nécessité par de tels dispositifs est énorme. Et la conséquence directe est que lorsque le parquet fédéral met un dossier en route avec ces grands moyens, il exige du résultat. L'agent de pénétration doit ramener un maximum d'informations. Avec ce « permis de

---

1. Arrêt de la Cour européenne des droits de l'homme du 23 octobre 2014.

délinquer », la pression sur ses épaules est forte, comme celle qui pèse sur ses co-équipiers « couvreurs ». Comment se faire passer pour complice sans inciter un minimum à la commission de l'infraction ? C'est une discipline ingrate, et « Patrick » a joué avec Jean-Claude Deffet aux confins de la légalité.

Bavures et violences policières

Au nom du maintien de l'ordre public, une intervention policière peut dégénérer. À son paroxysme, le dérapage se teinte de « bavure ». Pot de terre contre pot de fer, les dérives bénéficient d'une forme d'impunité judiciaire si les policiers sont blanchis.

Des courses-poursuites qui se terminent contre un mur classées « accident de la circulation » par les tribunaux, les archives silencieuses des rues en renferment des dizaines. Les armes dites non-létales, balles en caoutchouc et « *teaser* »[1] prolifèrent dans l'arsenal policier. Elles font de nombreux blessés. Clé aux bras, clé à la jambe, étranglement, gestes d'immobilisation qui étouffent, s'ajoutent à cette liste d'actes illégitimes. À la suite des mauvais traitements infligés, des suspects sortent des gardes à vue avec des hématomes sérieux. Dans le pire des cas, ils se retrouvent à l'hôpital.

En janvier 2013, Moad se rend à la salle de sport. Il est interpellé par cinq policiers. Lorsque son père le récupère au com-

---

1. Le « *teaser* » est un pistolet à impulsions électriques qui paralyse la cible. Il provoque une sensation de douleur qui bloque le système nerveux. Les effets de cette arme sont de plus en plus mis en cause quant aux risques de létalité – rapport 2016 du Comité européen pour la prévention de la torture (CPT) et rapport 2017 du Comité des Nations-Unies contre la torture (CAT).

missariat de police de Molenbeek, l'adolescent souffre de contusions multiples. La police se justifie en parlant de rébellion. L'enfant mesure 1,50 m et pèse 45 kg...

En février 2013, des images de caméras de vidéosurveillance, rendues publiques *post mortem* par une chaîne de télévision flamande, suscitent effroi et indignation. Les faits remontent au 6 janvier 2010. Interpellé par une patrouille sur la voie publique, Jonathan Jacob, dépendant et en manque, est conduit dans un hôpital psychiatrique. Faute de place disponible, son admission est refusée. L'équipe d'intervention le ramène au commissariat de police de Mortsel. Il est enfermé, entièrement dénudé, dans une cellule. Diagnostiqué psychotique, il commence à s'agiter et blesse légèrement un policier. Les « Rambo », la brigade d'intervention spéciale de la police d'Anvers, est appelée en renfort. Six policiers casqués, portant matraques et boucliers, se précipitent sur le jeune homme. Il est passé à tabac. Les efforts du médecin déféré sur place seront vains. Il décède le jour-même d'une hémorragie interne consécutive aux coups reçus. Une enquête est ouverte sur l'intervention du procureur du roi d'Anvers Herman Dams. Les policiers sont renvoyés devant le tribunal correctionnel d'Anvers. Cinq ans plus tard, les juges rendent leur verdict. Sur les onze prévenus, neuf sont condamnés à la prison, mais avec sursis.

En juin 2016, dans une affaire de suspicion de violences illégitimes, de fausses déclarations dans des procès-verbaux et d'injures racistes, la chambre des mises en accusation de la cour d'appel de Bruxelles prononce un non-lieu en faveur de cinq policiers bruxellois. Le plaignant, Saïd F., affirmait avoir été frappé au crâne, le 27 mars 2011, et traité de « sale Arabe », alors qu'il était maîtrisé et menotté. Un chien policier l'aurait également mordu. Un certificat médical atteste de plusieurs plaies profondes au cuir chevelu, d'éraflures multiples au visage, d'hématomes sur les membres supérieurs et à la cuisse gauche. La scène est filmée par un témoin. La vidéo est versée au dossier. La justice met fin aux poursuites pénales.

À l'été 2016, Nadine Nimmegeers est interpellée, téléphone portable au volant, par trois policiers à bord d'un véhicule banalisé. Échange de mots, la dame est poursuivie jusqu'à son domicile. Plaquée au sol, elle est menottée et emmenée au poste de police. Jetée au cachot, elle y passe quatre heures avant d'être conduite à l'hôpital. Une plainte est déposée.

Dans l'après-midi du 22 février 2017, des agents de police sont appelés place Adolphe Sax, à Bruxelles, pour des jets de pierres sur des voitures du quartier. Des jeunes âgés de treize à quatorze ans sont repérés. L'un d'eux, Bilel, est arrêté. Déjà immobilisé, menotté, il est passé à tabac et perd connaissance. Une photo de son visage défiguré circule rapidement sur *Snapchat*. L'adolescent porte plainte pour bavure policière. Une enquête est ouverte.

Factualité, le rapport publié par Anjuli Van Damme, une doctorante en criminologie de l'université de Gand, est sans appel. En avril 2017, elle suit pendant six mois les interventions de deux équipes de police locale[1]. Remarques dégradantes, moqueries, gestes obscènes : la criminologue relève un manque de respect envers le citoyen dans 36 % des contacts, qu'il y ait eu ou non rébellion de la part des intéressés. Dans un cas sur cinq, les policiers ont ignoré les arguments de la personne et dans un cas sur quatre, ils se sont laissé guider par un profilage ethnique, des préjugés d'origine ou de genre. La jeune femme constate que les policiers cherchent de moins en moins le dialogue. Le recours à des mesures musclées est clairement plus rapide.

Le code de déontologie des services de police est clair. Les forces de l'ordre ont pour mission de protéger les citoyens. « Tout recours à la force doit être raisonnable et proportionné à l'objectif poursuivi ». Paradoxalement, le Belge dénonce un dérapage policier subi plus d'un jour sur deux. La frontière entre le légitime et le légal est ténue.

---

1. Anjuli Van Damme a suivi 215 interventions au total qui ont généré 284 contacts avec des citoyens.

Pour contrer une banalisation de la violence légale, la Ligue des Droits de l'Homme lance, en 2013, « l'Observatoire des violences policières »[1]. La plateforme en ligne permet aux victimes et témoins directs de dénoncer les comportements fautifs des policiers. Pour maître Alexis Deswaef, président de la Ligue, « le but premier est de lever l'*omerta* qui règne. Un tiers des violences policières se passent dans les commissariats de police, alors que la personne est déjà maîtrisée. Il est plus facile pour un policier de prétendre s'être fait agresser par un suspect que pour une victime de démontrer des coups et blessures portés par un agent. Les chiffres le prouvent : 86 % des plaintes reçues sont déclarées non fondées par le Comité P, seules 3 % aboutissent à un jugement et la plupart des policiers connus comme maltraitants ne sont pas écartés de leur fonction. Résultat : seules 41 % des victimes osent encore porter plainte. »

Policiers bourreaux ou policier victimes ? Du côté des forces de l'ordre, les agents parlent d'accroissement des agressions physiques accrues qu'il leur faut maîtriser. Des agressions, plus violentes qu'auparavant, qui compliquent la maîtrise d'une situation.

Le 5 octobre 2016, Hicham Diop poignarde de plusieurs coups de couteau deux policiers à Schaerbeek. Appelée en renfort peu après l'agression, une autre patrouille de police doit intervenir. L'individu incontrôlable parvient à assommer un des policiers et lui vole sa matraque. Les sommations sont sans effet. Un autre agent lui tire alors une balle dans la jambe. Cinq agents seront en tout nécessaires pour maîtriser l'agresseur. Le 10 octobre 2017, le tribunal correctionnel de Bruxelles condamne Hicham Diop à neuf ans de réclusion pour coups et blessures volontaires ayant entraîné des incapacités de travail. « Je n'ai pas poignardé cet agent pour le tuer. J'ai essayé juste de l'empêcher de prendre son arme. Je voulais l'immobiliser. Je demande pardon », sera sa défense devant la cour.

---

1. www.obspol.be.

Dans certains quartiers considérés comme hautement sensibles, le respect de l'autorité est à l'évidence en chute libre. Jets de pierre, battes de base-ball, chaînes de vélos, l'intimidation est le *modus vivendi* des jeunes délinquants. À coups de cocktails Molotov, la stratégie de la violence se tourne, sans aucune crainte, contre les forces de l'ordre s'avisant d'intervenir sur les territoires pilotés par des bandes.

Les méthodes policières d'interpellation doivent s'adapter à la menace qui va bien au-delà du simple « outrage à agent ». En mars 2018, la loi sur les caméras est réformée. Elle prévoit notamment un dispositif autorisant les agents de police à porter une « *bodycam* » lors de leurs patrouilles et interventions. Les agents devront rendre l'appareil visible et annoncer que celui-ci est actionné. L'utiliser en caméra cachée est également admis dans des circonstances très précises relatives à des enquêtes sur le radicalisme ou le grand banditisme.

Bandes urbaines

En novembre 2015, le film flamand *Black*[1], sorte de *Roméo et Juliette* des temps modernes, enflamme la presse. Dès le premier jour de sa sortie, le long-métrage fait débat et plusieurs incidents éclatent dans des salles de cinéma. La capitale belge est saisie dans ses aspects les plus obscurs, en ses coins les plus méconnus du grand public : les guerres de gangs. Pour calmer les esprits, en février 2016, le distributeur annonce que le film ne sortira pas sur grand écran en France.

Mavela a quinze ans. Elle est noire et appartient aux « Black Bronx », une bande urbaine connue dans le quartier congolais de Matongé à Ixelles. La jeune fille va faire la rencontre de Marwan, un jeune marocain qui appartient à une bande rivale de Molenbeek, les « 1080 ». Dans ce contexte urbain, l'amour que se portent les deux tourtereaux est émaillé d'un communautarisme provenant de leurs identités différentes. Sur fond de violences, les choix sont difficiles et les conséquences lourdes.

Au début des années nonante, l'image stéréotypée des gangs américains a influencé la vision des scientifiques quant aux bandes européennes, allant jusqu'au refus de leur existence

---

1. Adapté des écrits de l'écrivain belge Dirk Bracke, *Black* est un film dramatique belge réalisé par Adil El Arbi et Bilall Fallah et sorti en 2015.

réelle sur le vieux continent. Depuis vingt ans, l'évidence est toute autre. La place libre laissée par le milieu a vu éclore une criminalité de plus petite envergure en termes d'aura, mais plus violente. On ne parle plus le langage de Michel Audiard, les baskets ont remplacé les chaussures en croco et le costume rayé. Chaque cité dispose d'une cave ou d'une cage d'escalier où l'on fume des joints et tente sa chance. C'est l'école criminelle de la rue.

Il ne faut pas être Einstein pour trouver une Kalachnikov. De meurtres en tentatives de meurtre, les exactions des bandes alimentent régulièrement les chroniques judiciaires. Les *vendettas* entre bandes rivales, comme au cinéma, cette fois c'est en direct, et non sur pellicule, que se vivent les règlements de comptes. Pour ces nouveaux casseurs, leur quartier est leur zone de non-droit, sa défense est leur lutte. L'escalade *poker* et coups de *bluff*, le but du jeu est de renverser les rivaux. Gagner le respect des alliées sonne la fin de la partie.

Le 22 février 2008, Dieudonné Lakama et Johnny Epalea, 28 ans, sont condamnés par la cour d'appel de Bruxelles, à cinq ans de prison ferme. Les prévenus, membres actifs du « Kung Fu Klan » ont été notamment reconnus coupables d'une fusillade, commise dans le quartier Matongé, à Ixelles, la nuit du 25 au 26 janvier 2007. La victime, membre d'un gang rival, les « Black Demolition » est atteinte par trois balles dans les jambes.

Le 3 mars 2008, cinq membres de la bande des « Black Wolves » s'installent dans le box des accusés. La cour d'assises de Bruxelles doit juger « Orson » Mangala Ikete, « Mulayi » Fabrice Mukuna, Tchibamba Lomami, « Grace » Pedro Garcia Kialanda et Trésor Mutamba dit « Pirate ». Dans la nuit du 22 au 23 octobre 2005, à la sortie d'une discothèque, Le Lounge Bar, les prévenus ont poignardé à mort Lionel Isenge, le leader de la bande de Berchem-Sainte-Agathe. Le conflit : une question d'extension de territoire.

Avril 2014, Yannick Bibo Binuene, Ruddy Lopez, Mavambo Mukobo et Murphi Bisi Wa Bisi comparaissent devant la cour d'assises de Bruxelles pour le meurtre de Gregorio Valente Correira. Expédition punitive, l'assassinat au couteau est un règlement de compte entre les « Versailles » et la bande « 1140 » d'Evere. C'est manifestement la haine entre les deux clans. Selon le ministère public, les « Versailles » en voulaient aux « 1140 » pour un crime commis sur un de leurs amis, Patrick Lufusu Fikilini, tué en juillet 2008, dans le centre de Bruxelles. Après vingt-quatre heures de délibérations, les peines prononcées s'échelonnent de quinze à vingt-deux ans.

« Black Pitt Hot Boys », « Mafia Style », combien y a-t-il de bandes urbaines[1] en Belgique ? Difficile à estimer. Peu de données chiffrées arrêtées, tant sur leur nombre exact que sur leurs territoires, mais des constats. Bruxelles est la première ville du pays touchée. Les bandes sont ancrées dans les histoires des quartiers. À la barre des prévenus, deux sur dix sont mineurs. De vols à l'étalage en agressions dans les transports en communs, ces jeunes à peine sortis de l'enfance, sont capables des pires brutalités pour quelques billets. Côté « business », Le trafic de stupéfiants est ce qui paie le mieux.

Depuis 2015, ces bandes urbaines se colorent d'une nouvelle particularité, celle d'intégrer les filles. Le nombre de jeunes filles mineures faisant l'objet de mesures de justice ne cessent de progresser. Le sociologue Sebastian Roché[2] attribue cette évolution au fait qu'avec l'émancipation de la femme, la frontière entre les genres est moins imperméable. L'égalisation des conditions et des styles de vie adolescents aide les filles à s'autoriser à « faire comme les garçons ». Même si le domaine de

---

1. Selon l'approche policière, la bande urbaine est un groupe de personnes perturbant l'ordre public et la sécurité, ayant commis des actes délinquants dans un processus de réitération possible, le statut de bande étant reconnu comme une circonstance aggravante sur le plan des poursuites pénales – « Bandes urbaines et groupes délinquants en Belgique. Représentations et savoirs », Line Witvrouw, Michel Born et Fabienne Glowacz, revue *Criminologie*, Volume 48, Numéro 2, Automne, 2015, pp. 39-63.

2. *La Délinquance des jeunes: les 13-19 ans racontent leurs délits*, Sébastien Roché, Éditions Seuil, 2001.

prédilection féminin reste les délits qui « ne font pas de mal à autrui », les filles ont basculé dans l'action, et la violence n'est plus l'apanage des seuls hommes. Ces dix dernières années, leur participation aux faits criminels a presque triplé.

Selon des chercheurs de l'université de Middlesex[1], les hommes tuent plus, les filles des gangs sont plus efficaces. Réalisée auprès de jeunes femmes membres de quatre gangs du sud de Londres, cette enquête démontre qu'elles sont des éléments-clé pour combattre les gangs rivaux. Subtiles, elles possèdent des aptitudes plus grandes à recueillir et échanger des informations. Leur importance s'affiche aussi sur le plan de la logistique. Aux aguets, elles jouent le rôle de « gardiennes » du groupe vis-à-vis de la police.

S'il est communément admis que la mafia ne pourrait exister sans les femmes, la violence au féminin demeure impensable. L'expérience de Catherine Hutsebaut, profileuse et expert judiciaire en apporte la démonstration inverse. « On le voit très bien dans la tranche actuelle des 15-25 ans qui arrivent devant les tribunaux. Les jeunes filles peuvent être extrêmement agressives et belliqueuses, surtout en bande. Frapper et torturer de manière barbare, des femmes comme des hommes d'ailleurs, ne leur fait pas peur. En revanche, là où l'inconscient collectif a peu évolué, c'est dans la conception du crime commis au féminin. On repousse toujours l'idée qu'une femme, qui représente la douceur, la maternité, puisse être une tueuse, encore moins méthodique, sans scrupules et sans états d'âme, ce pourquoi les femmes tueuses n'inspirent pas la même peur qu'un tueur, et pourtant... »

Contraste notoire, la majorité de ces jeunes femmes sont elles-mêmes des victimes. Marquées par des relations familiales complexes, en rupture, fugueuses, elles pensent trouver la

---

1. www.mdx.ac.uk/about-us/our-faculties/faculty-of-professional-and-social-sciences/school-of-law/criminology-and-sociology/simon-harding-on-gangs

protection masculine dans la bande. Le viol est souvent « rite initiatique » pour accéder à la « culture » du gang et à son identification.

Dommage collatéral : les prisons héritent du problème de la rue. Sans égard aux origines, les détenus cherchent à se protéger. Configurations répulsives, mais par nécessité attractives, les gangs carcéraux leur offrent cette protection. Ils s'avèrent même indispensables pour les plus jeunes qui n'ont pas la capacité de se défendre seuls. Faire partie d'un groupe familial étiqueté « respectable » est sécurisant. La désorganisation sociale s'organise en les murs. La discrimination entre bandes carcérales est systémique.

Poreuses frontières

Lorsque le politique s'en mêle, l'agir criminel bascule par mutation fanatique dans la revendication. Hier, guérillas et milices n'avaient aucune membrane osmotique avec les délinquants de droit commun. Les auteurs des récents attentats, commis en France et en Belgique, sont les nouveaux hybrides. Des attaques de Paris à celle de Bruxelles, les liens incestueux entre délinquance et djihadisme font leur *coming out*.

C'est un fait acquis, nombre d'activistes qui ont rejoint des organisations terroristes proviennent du monde du gangstérisme. Ils se sont radicalisés derrière les barreaux. Les établissements pénitentiaires constituent des lieux propices à leur enrôlement par des prosélytes de l'extrémisme terroriste. *Daech* a réussi à se montrer suffisamment attractif pour les convaincre de sortir de leur existence de délinquance. Le *djihad* est la rédemption. La mort en martyr est censée absoudre des fautes passées.

Poussant encore plus loin le raisonnement, *Daech* n'affiche aucun complexe à abolir les barrières entre spiritualité et criminalité. Le mouvement djihadiste utilise les « compétences » des voyous pour autofinancer ses réseaux en Europe. La plupart des attentats sont « sponsorisés » par le crime organisé.

Au printemps 2016, l'arrestation de Reda Kriket, en France, conduit à la découverte d'un véritable arsenal de guerre. Armé de kalachnikovs, armes de poing, détonateurs, fioles de glycérine, l'homme est interpellé alors qu'il est sur le point de déclencher un attentat durant le championnat d'Europe de football. Ayant à son actif vols de bijoux, cambriolages, évasions, avant de devenir un visage du terrorisme, il s'est forgé une solide expérience criminelle.

Reda Kriket est loin d'être le seul à présenter ce profil. La majorité des dossiers terroristes ont leur lot de figures de quartiers, fournisseurs de caches, d'armes ou de véhicules. Quant aux auteurs incriminés, 50 à 80 % des djihadistes européens ont un casier judiciaire.

Quelques mois avant de perpétrer leurs crimes kamikazes contre l'Occident, les frères Brahim et Salah Abdeslam[1] *dealaient* du cannabis et braquaient en Belgique. L'itinéraire des frères El Bakrahoui[2], condamnés pour vol et prise d'otage, celui d'Amedy Coulibaly[3] et celui de Mohamed Merah[4], multirécidivistes, en offre une illustration tout aussi caricaturale.

Appelée désormais « Gang-terrorisme » par les experts, la première association criminelle à avoir démontré qu'il y avait une passerelle entre gangstérisme et terrorisme, est le gang de Roubaix[5].

---

1. Brahim et Salah Abdeslam sont les auteurs des attentats de Paris du 13 novembre 2015 qui feront plus de 130 morts dans la capitale française.

2. Ibrahim et Khalid El Bakraoui sont impliqués dans les attentats du 13 novembre 2015 à Paris, puis auteurs des attentats du 22 mars 2016 à Bruxelles. Le bilan : 32 morts et 340 blessés.

3. Amedy Coulibaly est responsable de la prise d'otage du 9 janvier 2015 commise dans la supérette « Hyper Cacher » de la Porte de Vincennes, à Paris. Il assassine quatre personnes de confession juive, dont trois clients et un employé. Il est finalement tué lors de l'assaut donné par le RAID et la BRI.

4. Mohamed Merah est l'auteur des tueries de Toulouse et Montauban en 2012 qui causeront la mort de sept personnes. Retranché dans son appartement, il est mort sous les balles du RAID le 22 mars 2012.

5. Entre janvier et mars 1996, le gang de Roubaix sème la terreur dans la région de Lille. Des braquages de supermarchés aux fusillades en pleine ville, jusqu'à une tentative d'attentat, ils ont semé le trouble sur leurs motivations terroristes.

Entre janvier et mars 1996, plusieurs vols à main armée se succèdent en région lilloise. Pistolet-mitrailleur, lance-roquettes et grenades sont utilisés. Les enquêteurs ont la conviction que les faits proviennent du même groupe. Ils finissent par trouver le pavillon qui sert de planque. Le GIGN donne l'assaut, c'est le carnage. Plusieurs membres réussissent à s'échapper. Dans les décombres fumants, les carnets d'adresses donneront des noms. À la tête de la structure, Fateh Kamel, Saïd Atmani, Mustapha Labsi et Ahmed Ressam, quatre hommes installés au Québec. Leurs patronymes sont associés aux prémices du djihadisme et du terrorisme islamiste. Les braquages violents perpétrés par les « Ch'ti d'Allah » n'étaient que des moyens de financement d'un vaste réseau international.

Djihadiste gangster, gangster salafisé, jusqu'alors distincts et séparés, le brigand et le militant, se fondent dans un phénomène d'hybridation. « Ces corps hétérogènes et inconciliables, tels l'eau et l'huile, font désormais symbiose, voire fusionnent. L'impensable est devenu possible »[1]. Les braqueurs fanatisés sont fichés. En 2017, le nombre de personnes répertoriées dans les bases de données nationales belges pour des liens avec le terrorisme s'élève à 18.884, contre 1.875 en 2010. 2.248 le sont pour radicalisation violente. L'augmentation est exponentielle.

Selon le rapport 2017 du Centre d'Analyse du Terrorisme, le phénomène atteint son plus haut niveau en Europe. Soixante-sept incidents terroristes ont visé l'Union Européenne, dont 15 attentats, 7 tentatives et 40 projets. « *The crime-terrorism nexus* »[2], une étude réalise par l'« *European Union Institute for Security Studies* » (EUISS) alerte. La tâche d'huile se répand

---

1. *Théorie des hybrides. Terrorisme et crime organisé*, Jacques de Saint Victor, CNRS Éditions, 2017.

2. « *The crime-terrorism nexus* » (2017) est une étude réalise par l'« *European Union Institute for Security Studies* » (EUISS), l'agence de l'Union européenne consacrée à l'analyse des questions de politique étrangère, de sécurité et de défense. De ce rapport, il ressort qu'en combattant plus intensément la petite criminalité, l'Europe se donnerait les moyens de lutter plus efficacement contre le terrorisme.

dangereusement sous le moteur. Et le phénomène touche toutes les strates. La toute petite délinquance remplit désormais à l'identique les caisses terroristes. La philosophie du « Gang-terrorisme » : viser des cibles indéterminées.

Virtual « *Licence to kill* »

Février 2018 – Phénomène inédit dans l'histoire des tueries de masse aux États-Unis, le mouvement #neveragain bouscule l'Amérique. Les élèves rescapés de la fusillade du lycée de Parkland[1] lancent une vaste campagne pour tenter de faire évoluer les lois américaines sur la possession d'armes à feu. Le tireur, Nikolas Crus, âgé de dix-neuf ans, s'est procuré un AR-15 en vente libre dans un des supermarchés du géant de la distribution Walmart. Le 5 mars 2018, le sénat de Floride vote, à la majorité, de nouvelles restrictions et remonte l'âge légal pour acheter des armes à vingt-et-un an. La loi «*Marjory Stoneman Douglas High School*», du nom du lycée où a eu lieu le massacre, interdit aussi les «*bump stocks*», un dispositif qui permet de transformer des armes semi-automatiques en armes automatiques.

Au pays de l'Oncle Sam, les détenteurs d'armes à feu tuent six fois plus qu'au Canada, quinze fois plus qu'en Allemagne et près de cinquante fois plus qu'en France. La Belgique n'est pas en reste. Le rapport de «*Small Arms Survey*»[2] révèle qu'elle

---

[1]. Le 14 février 2018, dans le lycée *Marjory Stoneman Douglas*, en Floride, Nikolas Cruz, 19 ans, assassine dix-sept personnes à l'arme automatique.

[2]. Données «*Small Arms Survey*»: en Belgique le pourcentage d'homicides par arme à feu est de 39,5 % soit 0,68 % sur 100.000 citoyens. Il y a 1.800.000 armes en circulation parmi la population (17,2 %) – www.smallarmssurvey.org

arrive à la quatrième place des pays développés en ce qui concerne les homicides par armes à feu.

Acquérir et détenir une arme à feu en Belgique fait l'objet d'un cadre sévère. Il faut être majeur, avoir un certificat de bonnes vie et mœurs favorable et justifier d'un motif légitime[1]. En 2012, en réponse à la tuerie de la place Saint-Lambert, à Liège[2], le gouvernement décide de soumettre aussi à autorisation préalable la vente d'armes à feu historiques, folkloriques et décoratives. Depuis 2013, seuls les titulaires d'un permis de chasse en cours de validité et les titulaires d'une licence de tireur sportif en cours de validité ont le droit d'acquérir une arme.

Dérive du web, franchir la porte d'un armurier n'est plus indispensable. S'approvisionner en kalachnikovs du côté des Balkans est dépassé. Net pas très net, acheter une arme sur le web est un jeu d'enfant pour les braqueurs version 2.0. Nul besoin d'être expert en informatique pour consulter des sites qui proposent toutes sortes de commerces extra-légaux.

En avril 2018, le Bureau américain de l'alcool, du tabac, des armes à feu et des explosifs (ATF) a mené plusieurs opérations d'achats de « contrôle » sur le « *Darknet* »[3]. Ces agents sont parvenus à acquérir des Uzi automatiques interdits à la vente aux

---

1. La loi 9 juin 2006 classe les armes en trois catégories. A: les armes en détention prohibée (comme les armes à feu automatiques), des armes considérées dont la détention est punissable. B: les armes en détention libre (comme les armes blanches ou armes à feu d'intérêt historiques) et C: les armes soumises à autorisation.

2. Le 13 décembre 2011, Nordine Amrani tire à l'arme automatique sur la foule rassemblée place Saint-Lambert, avant de se suicider. Bilan: 6 morts et 130 blessés.

3. Le *Darknet* ou *Deep web* est un réseau superposé (ou réseau *overlay*) qui utilise des protocoles spécifiques intégrant des fonctions d'anonymisation. Refuge pour ceux qui veulent échapper aux dictatures, il a initialement été créé pour aider les dissidents chinois à communiquer entre eux sans pouvoir être identifiés. Il a également servi d'outil de soulèvement durant le Printemps arabe. Dans cette partie de la toile, non indexée par les principaux moteurs de recherche généralistes, peuvent se partager en toute discrétion des fichiers. Dérives de l'anonymat, de la marchandise illicite circule, comme des armes ou de la drogue, sur des sites web cryptés.

civils aux États-Unis, ainsi que des carabines AR5. Selon le centre d'analyse américain RAND, si 60 % des armes vendues sur le *Darknet* proviennent des États-Unis, le plus important marché des armes à feu sur le *Deep web* est européen. Les revenus en émanant sont cinq fois supérieurs à ceux du marché américain.

Armes, stupéfiants, faux papiers, cartes bancaires volées, manuels de fabrication d'explosifs en téléchargement, le *Darknet* véhicule plus de six cents téraoctets de données. La difficulté d'appréhension est de taille. Ce marché noir *underground* possède ses propres codes et ses propres modes d'accès. À l'inverse du *Clear web*[1], il n'est pas indexé dans les moteurs de recherche et utilise des protocoles spécifiques intégrant des fonctions qui garantissent l'anonymat. Dans cette case sombre, les casses virtuels se multiplient.

En mai 2017, le logiciel malveillant *Wannacry* attaque les services de santé britanniques, des usines du constructeur automobile français Renault, les chemins de fer allemands et le gouvernement espagnol. Ces braquages virtuels auraient rapporté près de cent vingt millions d'euros aux maîtres-chanteurs. *Bad Rabbit, NoptPetya*, les logiciels de rançon paralysent des centaines de milliers d'ordinateurs dans le monde. Alléchés par la flambée du *bitcoin*, les cybercriminels injectent sur la toile une panoplie de virus qui siphonnent une partie des gains réalisés grâce aux crypto-monnaies. *Spams, malwares*, les logiciels malveillants prestent aussi comme « hackeurs à gages » pour paralyser des rivaux commerciaux ou politiques. Qu'il s'agisse de *Facebook, Twitter, YouTube, MySpace*, les pirates du Net s'adaptent à chaque réseau communautaire. Ils pratiquent le « *phishing* »[2] et installent des « renifleurs »[3].

---

1. Le *Clear web* est la partie accessible du Net à tous les internautes.
2. Le « *phishing* » consiste à envoyer des messages incitant à communiquer des informations confidentielles comme des coordonnées bancaires.
3. Placer un « renifleur » sur une machine permet de capter les données qui sont échangées par des ordinateurs connectés sur une borne Wi-Fi publique.

La croissance galopante du crime en ligne est à l'égal de la sophistication rapide des outils virtuels. Afin de lutter contre les trafics en tout genre, le policier 3.0 fait son apparition. Face à la volatilité des éléments de preuve numériques effaçables d'une pression de touche sur les applications de *Chat*, les fichiers *Dropbox*, et tant d'autres, la loi BOM[1] adapte les méthodes particulières de recherche et d'investigation.

Face à la criminalité « cyber New Age », les autorités s'associent aussi les compétences de *hackers* repentis, les « *white hats* »[2]. Ex-pirates informatiques et anciens malfrats, ces braconniers du web sondent la partie immergée de l'iceberg pour y débusquer tout indice d'illégalité. Ils effectuent aussi des tests d'intrusion et explorent la méthodologie des cybercriminels, afin d'améliorer les solutions de sécurité du monde légal, notamment en matière de terrorisme ; c'est le « *Reverse engineering* »...

C'est grâce à ces méthodes que le FBI a réussi, le 2 octobre 2013, à faire fermer par la justice américaine une première version du site « *Skill Road* »[3]. EBay occulte, la plateforme proposait de l'héroïne, de la cocaïne et des drogues de synthèse. « Super qualité pour votre défonce », est le type d'annonce que l'on pouvait y trouver.

Vente d'armes, trafic de drogues, trafic d'êtres humains, blanchiment de l'argent, contrefaçon de marques textiles et de médicaments : avec la révolution des hautes technologies de communications, le crime a muté, il s'est mondialisé. Les

---

1. La loi BOM du 27 janvier 2017 améliore les méthodes particulières de recherche et d'investigation pour les enquêteurs dans le cadre de l'instruction. Elle introduit les articles 39 *bis* et 90 *ter* dans le Code d'Instruction Criminel.

2. Les « *white hats* » sont les *hackers* dits « éthiques » par opposition aux « black hats », les *hackers* mal intentionnés.

3. « *Silk road* » (route de la soie) est un marché noir du *Darknet*, lancé en 2011, qui a pour particularité d'utiliser le réseau TOR pour assurer l'anonymat à la fois des acheteurs et des vendeurs, dans le cadre de vente de produits illicites, notamment des stupéfiants.

réseaux sont connectés, horizontaux, mobiles, déstructurés. Il n'y a plus de hiérarchie. Il n'y a plus de centralisation mafieuse. Plus de pyramides sous un *boss*. Plus d'exécutants spécialisés. Les trafiquants sont des spécialistes de la logistique, des touche-à-tout multicompétents. Plus de fidélités. Les alliances sont rapides, temporaires et traversent les frontières. « Trous noirs »[1], elles ouvrent de nouveaux champs d'action pour les contrebandiers. Un internaute isolé peut conduire des actions criminelles d'une très grande complexité, sans aucune contrainte ni de lieu ni de temps.

---

1. En astrophysique, les trous noirs, sont des zones invisibles dans l'univers où les lois traditionnelles de la physique ne s'appliquent pas.

Profilage prédictif

Si le « *profiling* »[1] a acquis médiatiquement une popularité récente, l'idée même du profilage est née d'œuvres de fiction. Le premier « *profiler* »[2] recensé est le personnage de Dupin dans l'ouvrage d'Edgar Allan Poe *The Murders in the Rue Morgue*, paru en 1814. Quant au premier cas de profilage dans le cadre d'une véritable enquête, il s'agit de l'analyse fournie par Thomas Bond, un chirurgien britannique. Le médecin participa à l'autopsie de Mary Jane Kelly, dans l'affaire de « Jack l'Éventreur »[3], en 1888.

---

1. Le « *profiling* » ou « profilage » est une technique qui permet de dresser le portrait psychologique et comportemental d'un criminel à partir de divers éléments de l'enquête (observations des lieux du crime, *modus operandi*, éléments d'analyse scientifique, examen météorologique des jours des crimes, etc.). Le profilage prédictif anticipe le passage à l'acte criminel.
2. « *Profiler* » est une série télévisée américaine créée par Cynthia Saunders et diffusée entre 1996 et 2000 sur le réseau NBC. Synopsis : à la suite d'une série de meurtres, la police fait appel à un *profiler* issu du FBI, Sam Waters, qui a la capacité surnaturelle de voir ce qui s'est passé sur les lieux des crimes.
3. « Jack l'Éventreur » (en anglais « *Jack the Ripper* ») est le surnom donné à un tueur en série ayant sévi dans le district londonien de Whitechapel en 1888. Depuis l'époque de son déroulement jusqu'à aujourd'hui, son *modus operandi* et ses motivations ont donné lieu à maintes hypothèses et inspiré bon nombre d'œuvres en tous genres, lui conférant un statut de « mythe criminel ».

En 1956, James A. Brussels, est sollicité par les forces de l'ordre pour établir la fiche psychologique d'un homme, surnommé « Mad Bomber », qui sème la terreur dans New-York depuis seize ans en faisant exploser cinémas, bibliothèques et stations de métro. En 1957, George P. Metesky est interpellé. Le profil fourni par le psychiatre américain est d'une exactitude impressionnante, jusqu'aux vêtements portés par le suspect lors de son arrestation. Cette énigme, brillamment résolue, a largement contribué à la popularité subséquente du profilage. Dès 1960, le FBI commence à intégrer la pratique dans ses enquêtes. Dans les années 1970, la technique mène à l'élaboration du profil du transporteur de drogue et du passeur de migrants illégaux. En 1978, la « *Behavioral Analysis Unit* » est officiellement fondée aux États-Unis.

En Belgique, l'analyse de profils comportementaux a été introduite au sein des services de police en 1996. Elle a définitivement pris son envol en tant que pratique en 2001, avec la création du service des Sciences du comportement de la Police Fédérale. Bémol, « *Mindhunter* »[1], le profileur « super star » aux capacités d'intuitions surhumaines n'existe que dans l'imaginaire collectif. « Voyance extralucide », pénétrer l'âme de l'homme dans les confins de son subconscient est une perception tronquée, faussement entretenue par les séries télévisées à succès.

Le XXIe siècle est marqué par sa dématérialisation. Conséquence directe impactant la sphère criminelle : il n'y a plus de vision cohérente des comportements déviants. Face à ces profils volatils, il est extrêmement plus complexe, pour les enquêteurs, d'identifier les modèles d'attaques et les agresseurs. Pour contrer cette longueur d'avance de l'économie déviante, les sondeurs de pensées classiques virent à la « prédiction ».

---

1. « *Mindhunter* » est une série télévisée américaine créée par David Fincher et diffusée sur Netflix. La série s'inspire de l'ouvrage *Mindhunter : Dans la tête d'un profileur*, de John Douglas et Mark Olshaker, traduit aux Éditions Michel Lafon, 2017.

L'objectif du profilage prédictif, en tant que nouvelle forme de psychologie criminelle, est de prévoir les actes de prédation asociaux. En analysant les signes avant-coureurs de la violence, cette lecture permet aux forces de l'ordre de détecter les situations suspectes et de cerner les contours d'un scénario potentiel. L'anticipation spatio-temporelle des crimes est le principe-clé.

À force d'affiner les outils, la sécurité devient également le domaine de prédilection de l'intelligence artificielle. «*Big brother is watching you*»[1], les logiciels de police préventive se multiplient. «*Predpol*»[2], un algorithme développé aux États-Unis, permet de prédire où et quand auront lieu les prochaines infractions. Inspiré des logiciels de prévention des séismes, le système est connecté à *Google Street View*. Il est capable, en temps réel, de déterminer les « points chauds » où le risque est le plus élevé. En aiguillant le travail des patrouilles, qui se trouvent plus vite au bon endroit au bon moment, depuis 2012, il aurait fait baisser de 30 % les agressions, de 27 % les cambriolages et de 20 % les crimes violents dans certaines villes américaines.

Nouvel outil d'aide à l'enquête, le logiciel «*Beware*», inspiré du modèle du renseignement militaire, pourrait être le modèle à venir du renseignement policier protectif. De profilage de criminels, on glisse vers le profilage de *supposés* criminels, sans le moindre début d'exécution d'un crime ou d'un délit. En croisant un très grand nombre d'informations (niveau d'éducation, statut économique, religion, passé médical, moyen de transport, achats en lignes, commentaires postés sur les réseaux sociaux...), ce programme est capable de classer les personnes selon leur degré de dangerosité potentiel.

---

1. «*Big brother is watching you*» est une expression tirée de *1984*, le plus célèbre roman de George Orwell, Éditions Secker and Warburg, 1949. Elle est depuis lors utilisée pour qualifier toutes les institutions ou pratiques portant atteinte aux libertés fondamentales et à la vie privée.

2. «*PredPol*» est l'abréviation de «predictive policing». La formule de cet algorithme, complexe et tenue secrète, a été créé par des criminologues et des mathématiciens, à l'initiative de Jeffrey Brantingham, professeur d'anthropologie à l'université de Los Angeles.

La réalité a rattrapé la fiction du film *Minority Report*[1]. De quoi s'attirer les foudres des défenseurs des libertés individuelles qui pointent les dangers de dérives en termes de stigmatisation, de discrimination raciale et d'arrestations arbitraires. Le *big data* devient une dictature de données non interprétées : si 90 % des personnes radicalisées s'avèrent être de confession musulmane, on ne peut extrapoler que, partant, 90 % des musulmans sont des radicaux.

Le profilage prédictif est déjà un véritable casse-tête pour les juges et magistrats tenus de faire respecter la vie privée et la présomption d'innocence. Risque d'influence invisible, l'algorithme prédictif n'est pas neutre, il est le résultat d'une programmation effectuée par des êtres humains et son paramétrage peut influencer le classement de dangerosité obtenu. Sur la base d'éléments purement codifiés, un individu risque d'être placé à titre préventif en garde à vue, une mesure lourde de conséquences puisqu'elle est privative de liberté.

---

1. *Minority Report* est un film de science-fiction américain réalisé par Steven Spielberg, sorti sur les écrans en 2002. Le scénario s'inspire de la nouvelle de Philip K. Dick, publiée en 1956 (*Fantastic Universe Revue*). Le pitch : la police arrête les criminels avant qu'ils passent à l'acte grâce aux dons de prescience de mutants extra-lucides, les « *PreCogs* ».

Repentis et délations

Le regard de Jean-Claude Deffet fusille et la formule assassine : « Balancer ? J'aurais eu honte de moi. Je suis toujours tombé seul en prison. Je n'ai jamais trahi. Je n'ai jamais emmené qui que ce soit dans mon sillage. Même lorsque les flics m'ont présenté des suspects, je n'ai jamais donné personne. On m'a proposé des ponts d'or, des réductions de peine... On m'a aussi proposé d'être infiltré. Je n'ai jamais pu. Les jeunes aujourd'hui n'ont plus ces valeurs. Ils cafardent pour obtenir trois mois de conditionnelle. Moi, je règle mes comptes moi-même. Je ne pactise pas. Dans le procès du braquage français, un jeune est venu témoigner à la barre contre moi. De la manière dont je le regardais, il s'est fait dessus. Le juge a dû me dire "Tournez-vous, vous lui faites peur !" Quand il a eu fini de vider son sac, son père lui a foutu une de ces claques magistrales ! Il n'était vraiment pas fier de lui. C'est de la délation ! »

Adam accusant Ève d'avoir croqué la pomme, le recours à la délation n'est pas un genre nouveau. Sous la Révolution française, dénoncer apparaît comme le maître-mot du discours révolutionnaire. C'est un gage de « bonne citoyenneté ». Pour Jean-Paul Marat[1], ardent partisan de la pratique, « la liberté de

---

1. « Dénonciation à la Nation contre M. Malouet », Jean-Paul Marat, août 1790.

tout dire n'a d'ennemis que ceux qui veulent se réserver la liberté de tout faire ». L'écouteur aux portes est un patriote. « Grand Délathon »[1], la surveillance est un acte civique et le déballage un brevet de correction, voire même un repentir.

Inventé par des journalistes transalpins, le terme « repenti »[2] ne recèle pourtant aucune connotation religieuse. Derrière les confessions de ces hommes, ni croix à déposer, ni amour du bénitier. Conscient que le seul sens du devoir retrouvé ne saurait suffire à susciter la délation, dans certains pays, le législateur a donné un véritable statut légal aux criminels qui rompent le pacte de confiance avec leurs semblables. En passant du statut de traître à celui de repenti, excuse absolutoire, ils accèdent à une exonération, totale ou partielle, de responsabilité pour leurs fautes commises.

Dans la péninsule italienne, la pratique est institutionnalisée, dès les années quatre-vingt, sous l'impulsion du juge Giovanni Falcone. Recueillir des confidences de criminels en repentance est le *modus operandi* du magistrat aux larges moustaches. Son discours révolutionnaire pour percer les secrets les mieux gardés de Cosa Nostra : « On ne peut se passer de cette méthode en quête de la vérité des choses ».

Giovanni Falcone sera à l'origine de la loi protégeant les repentis en Italie. Au prix de sa vie, il fera tomber plusieurs parrains de la mafia. Le 23 mai 1992, il est assassiné à Capaci, en Sicile. Sa mort agit comme un détonateur. Il devient le symbole de la lutte anti-mafia. Le virage est culturel. Citoyens, petits commerçants, entrepreneurs se rebellent contre la mainmise de Cosa Nostra. C'est aussi le l'aube des repentis. « Le

---

1. « On a encore du mal à trouver le terme qui qualifiera une époque où la délation est devenue un acte de courage, la surveillance un devoir moral et le déballage un brevet de correction. C'est le Grand Délathon », Élisabeth Levy, journaliste et directrice de rédaction au Causeur, 17 octobre 2017.

2. Le « *pentito* » est une personne qui accepte de briser l'*omerta* ou d'une façon plus générale de révéler des informations cachées pour les livrer à la police. Il bénéficie en échange d'une protection et d'une remise de peine.

Baron », « Mister Champagne », plusieurs mafieux sortent du rang. Ils appartenaient au gotha du crime, désormais ils sont membres du gotha du repentir. Ils aident à étrangler les étrangleurs. Tommaso Buscetta[1], alias « Don Masino », reste le plus célèbre d'entre eux. Le « prince des repentis » est le premier « *pentito* » à avoir intégré le programme italien de protection des témoins. En 2018, plus de mille deux cents ex-*mafiosi* collaborent avec l'État, sur l'ensemble du territoire de la botte.

Inspirés par ce précédent réussi, les États-Unis et l'Autriche mettent en place des systèmes similaires. L'Allemagne emboîte le pas en 1989 et la France, en mars 2014. Dans l'Hexagone, la loi Perben instaurant le statut de « collaborateur de justice » a vocation à être utilisé, en particulier, dans la région de Marseille et en Corse, des zones régulièrement frappées par des séries de règlements de comptes spectaculaires.

En Belgique, une première proposition de loi est déposée en 2002. Après avoir longuement sommeillé sur la table du législateur, le texte remanié est approuvé en décembre 2017. La délation est codifiée. « Le recours à des repentis sera soumis à des conditions strictes. Les informations recueillies devront concerner des formes graves de criminalité, ainsi que le terrorisme ». Ce cadre légal de délation ouvre de nouvelles perspectives en termes de résolution d'affaires. Il redonne même de l'espoir aux enquêteurs dans le sombre dossier non élucidé des « Tueurs du Brabant ».

Passer l'éponge sinon rien ? Une fois l'ardoise effacée, le repenti, lorsqu'il change de camp, devient la « vedette » de la politique criminelle. Négocier le droit de se dorer la pilule au soleil : la légitimité de la mesure interroge d'un point de vue

---

1. Tommaso Buscetta (1928-2000) a marqué à jamais l'Histoire de la lutte contre la mafia. Tout d'abord parce qu'il fut l'une des figures du milieu, particulièrement actif dans le trafic de cigarettes et de drogue. Son activité s'étendait des États-Unis à la Sicile, en passant par l'Amérique du Sud. Il reste célèbre avant tout pour son revirement et sa collaboration avec la police italienne, qui permit l'arrestation de plus de 475 mafieux en 1987.

éthique. La morale est bafouée. La délation est passe-droit. Faux témoignages pour « sauver sa peau », pactes avec l'ennemi ouvrent aussi la porte à une appréciation arbitraire. Dans le monde judiciaire, entre absolutisme et utilitarisme, les avis sur la mesure restent partagés. « Acheter la mèche » à ceux qui la vendent semble toutefois un mal « nécessaire » pour ceux qui plaident les bienfaits d'un système quant au but à atteindre.

Des techniques de casse révolues

Le 3 avril 2010, des braqueurs ressuscitent les techniques du casse à l'ancienne. Peu avant quatre heures du matin, l'« équipe à tiroirs » s'introduit dans les locaux bancaires d'une agence BNP à Paris. Après avoir emprunté les couloirs sinueux des égouts et percé un tunnel pour accéder aux caves de l'immeuble, les malfrats attaquent le mur de la salle des coffres au marteau-piqueur. Trois mois auparavant, les as de la cambriole dévalisent, selon le même mode opératoire, une agence de la Caisse d'épargne à Montreuil. Les gangsters entrent par les sous-sols et ouvrent cent-dix-sept coffres avant de filer. À défaut d'avoir pu être appréhendés, les héritiers d'Albert Spaggiari[1] réactualisent une pratique devenue d'exception qui confirme la règle. Ils sont labellisés par les enquêteurs : c'est le « gang des termitiers ».

« Haut les mains ! Ceci est un *hold-up* ! » : quelques secondes d'intrusion pour quelques biffetons, la mort du braquage de banque à l'ancienne est un fait. Grâce aux efforts de sécurisation menés par les institutions financières ces quinze dernières

---

1. Dans les années septante, Albert Spaggiari, était à la tête du « gang des égoutiers », des braqueurs qui sévissaient en région niçoise.

DES TECHNIQUES DE CASSE RÉVOLUES |

années, le nombre d'attaques d'agences bancaires a diminué de plus de 90 %. Des investissements en matière de technoprévention, comme la vidéosurveillance et l'encouragement aux transactions financières électroniques, diminuent la vulnérabilité des établissements. Dans une société ayant de moins en moins recours aux espèces, le jeu n'en vaut plus la chandelle. La prise de risque s'avère démesurée pour le voleur.

Salle des coffres vidée à la Société Générale de Nice[1], braquage du casino de Bâle[2], chambre des coffres de *Knights bridge* éventrée[3] : ces méfaits spectaculaires ont néanmoins durablement imprégné les mémoires de la truanderie. Commandos ou braqueurs isolés à la Toni Musulin[4], ils ont inscrit leur nom au palmarès. Leurs exploits sont considérés comme les casses du siècle.

---

1. Le casse de la Société Générale de Nice est appelé le « casse des égouts ». Le 19 juillet 1976, une équipe de quinze braqueurs s'infiltre dans la salle des coffres de la banque niçoise et fracture plus de 371 coffres de particuliers sur les 4.000 qu'abrite la banque. C'est après avoir percé pendant plusieurs mois un tunnel de 8 mètres de long et de 50 cm de diamètre depuis les égouts de la ville, que le gang a atteint la salle qui n'était pas équipée d'un système d'alarme. La bande avait à sa tête Albert Spaggiari.

2. Le 28 mars 2010, armé de pistolets mitrailleurs, un commando de dix hommes cagoulés investit le casino suisse, choquant les 600 joueurs présents. Ne parvenant pas à ouvrir les coffres, les braqueurs vident les caisses et s'emparent de la recette de la soirée. Ils font main basse sur plusieurs centaines de milliers de francs suisses.

3. Le 12 juillet 1987, deux hommes demandent à louer un coffre sécurisé au centre de *Knights bridge*, à Londres. Une fois dans la salle des coffres, ils sortent des armes maîtrisent les employés et les gardes. Après avoir fait entrer leurs complices, ils prennent le temps de mettre un panneau « Fermé » sur la porte pour ne pas être dérangés. Leur butin : 60 millions de livres sterling. À leur tête, Valerio Viccei, recherché en Italie pour plus de cinquante vols à main armée. Il sera arrêté un mois plus tard. Il avait laissé une empreinte digitale dans la salle des coffres.

4. Le 5 novembre 2009, un convoyeur de fonds lyonnais, Toni Musulin, appuie doucement sur l'accélérateur de son fourgon blindé. À l'arrière du véhicule, 11,6 millions d'euros. Le fait divers a défrayé la chronique durant de longs mois en France. L'histoire a été adaptée sur grand écran. François Cluzet incarne le convoyeur, dans le film de Philippe Godeau, *11.6*, sorti en 2013.

Par la minutie de sa préparation et son audace, c'est toutefois l'attaque du train postal Glasgow-Londres au début des années soixante, qui a eu le privilège d'être taxé de « plus grand hold-up du monde ». Dans la nuit du 7 au 8 août 1963, le conducteur du train postal effectuant la liaison entre la ville écossaise de Glasgow et la gare londonienne de Euston s'arrête sur un pont isolé, au niveau de Ledburn, à soixante kilomètres au nord-ouest de Londres. Il obéit au signal rouge le long de la voie ferré lui ordonnant de s'arrêter. L'instruction est un faux. Une quinzaine d'hommes prennent le train d'assaut. Ils détachent la locomotive et les deux premiers wagons et déchargent cent vingt sacs contenant un butin record de 2,6 millions de livres sterlings, l'équivalent de 52 millions d'euros. Les malfrats se partagent le trésor dans la grange d'une ferme et se volatilisent chacun de leur côté.

En 1964, neuf des seize braqueurs rattrapés sont jugés et écopent de peines allant de 25 à 30 ans de prison. Mais ce sont les trente-six ans de cavale de Ronnie Biggs[1], considéré comme l'un des cerveaux de l'opération, qui lui valent sa notoriété. Quelques mois après sa condamnation, il parvient à s'évader de la prison londonienne de Wandsworth, en escaladant un mur de huit mètres de haut avec une échelle de corde.

Arrivant toujours un coup trop tard, au fil de courses poursuites d'Anvers à Paris et Sydney, les enquêteurs de Scotland Yard peinent à le suivre dans son périple. Grâce à de faux papiers et plusieurs opérations chirurgicales qui le rendent méconnaissable, le fugitif arrive au Brésil et s'installe à Rio de Janeiro. Quand il est finalement localisé, son extradition est refusée. Sa nouvelle compagne, Raimunda de Castro, une danseuse de boîte de nuit, est enceinte. La loi brésilienne ne permet pas à un parent d'un enfant brésilien d'être extradé.

Doté d'un sens inné de la provocation, Ronnie Biggs va, pendant des années, narguer la justice. « Ce que nous avons fait

---

1. *Odd man out: my life on the loose and the truth about The Great Train Robbery*, Ronald Biggs, Éditions Pan, Londres, 1995.

c'est juste voler de l'argent, juste un peu plus que n'importe qui auparavant. Nous avons servi d'exemple », affirme-t-il à la presse étrangère qui se presse au portillon de sa villa. Très commercial, le personnage ubuesque, autoproclamé « le dernier gentleman cambrioleur », négocie grassement ses entretiens, participe à diverses campagnes publicitaires, cède pour un pont d'or son autobiographie et enregistre deux morceaux musicaux avec le sulfureux groupe punk, les *Sex Pistols*. Animé d'un sens de l'humour très british, il vend même aux touristes de passage dans sa région des t-shirts à son effigie mentionnant : « Je connais quelqu'un qui revient de Rio. Il a rencontré Ronald Biggs ».

En 2011, après plusieurs attaques cérébrales, l'homme, gravement malade, concède, à l'âge de septante-et-un an, de rentrer au Royaume-Uni pour y subir le reste de sa peine, vingt-huit ans à purger. Ses avocats plaident la clémence des tribunaux. Fin de non-recevoir. Les instances judiciaires de Sa Majesté lui font payer son arrogance. En 2012, le prisonnier grabataire ne s'alimente plus qu'au moyen d'une sonde nasale. Il est finalement libéré pour terminer ses jours dans une maison de repos proche du domicile de sa famille, dans le quartier d'East Barnet, au nord de Londres. Lorsque Ronnie Biggs décède, le 18 décembre 2013, le piédestal qui lui est offert par la presse britannique atteste de la fascination du grand public. La littérature et le cinéma ont déjà transformé le braqueur insolent en héros des temps modernes.

Un business juteux

Le phénomène a été maintes fois prouvé, scélérats et larrons fascinent leurs contemporains. Ces histoires singulières de figures devenues légendaires, images de personnages réels revisitées et transfigurées par la fiction sont aussi entrées, par identification, dans l'histoire plurielle.

Chaînes de télévision, sociétés de production, stylistes, éditeurs se les arrachent. La prison serait même incubatrice d'idées. Certaines entreprises, comme « *Defy Ventures* », se sont spécialisées dans la réinsertion d'ex-détenus talentueux en *startupers*. À leur sortie de prison, c'est même grâce à leur casier judiciaire qu'ils percent dans l'économie légitime.

Si des modèles d'affaires mûrissent derrière les barreaux, à l'ombre des cellules de haute sécurité, ces succès entrepreneuriaux se réalisent aussi médiatiquement par la commercialisation d'une notoriété criminelle. Leurs méfaits passés sont des appâts pour obtenir une nouvelle visibilité. Ricochet doublement juteux, leurs crimes sont leur fonds de commerce.

Il aurait pu jouer dans « Prison Break », la série culte des années 2000 : la prison, le mannequin Jeremy Meeks l'a connue pour une série de cambriolages à main armée perpétrés en Californie. Moins de vingt-quatre heures après son arrestation en 2014, la police met les photos de son gang sur Facebook et c'est la cyber-émeute : la toile s'enflamme pour le bellâtre aux yeux bleus. Le *bad boy* devient la coqueluche des réseaux sociaux. Bénéficiant d'une libération anticipée en 2016, Meeks démarre une carrière sur les podiums. Le premier contrat signé avec l'agence *Blaze Models* s'élève à 30.000 dollars. Belle maison, voitures de luxe... l'homme mène aujourd'hui grand train. « Dieu est bon », répond-il lorsque les médias l'interrogent sur son ascension fulgurante.

Éconduit dans ses avances amoureuses, Issei Sagawa, le tueur cannibale, bascule dans l'horreur en 1981. Étudiant à la Sorbonne, à Paris, il viole et tue d'une balle dans la tête Renée Hartevelt, avant de se délecter de ses membres dépecés. Summum du vice, il prend des clichés « souvenirs » au fur et à mesure qu'il « consomme » la jeune hollandaise. Trois ans après les faits, le fils d'un riche industriel japonais obtient son rapatriement au Japon. Dès le pied posé sur le tarmac de l'aéroport d'Osaka, il fait l'objet de toutes les convoitises. Radio, télévision, presse écrite, le cannibale devient en quelques mois une véritable star dans les médias. Sujet de plusieurs articles et document, il fait l'objet de plus de trois cents livres en trente ans. Présentateur d'émissions culinaires, il joue dans des films porno de série B et fait de la publicité pour une chaîne de restaurant spécialisée dans la viande. Très provocateur, en 2017, il confessait à un magazine japonais qu'il rêvait de « manger encore une fois de la chair humaine avant de mourir ».

Richard Donnell Ross, alias « *Freeway* », n'a pas fait d'études, sinon celles de la rue. Devenu baron de la drogue à Los Angeles, il a forgé un empire couvrant douze États américains, employant des milliers d'hommes de main et générant jusqu'à trois milliards d'euros de chiffre d'affaire par an. Il est condamné en 1996 à la réclusion à perpétuité pour avoir tenté de racheter cent kilos de cocaïne à un agent fédéral. Sa peine sera fortement réduite pour bonne conduite. Ricky Ross est libéré en 2009. L'ex-parrain lance alors FreewayEntreprise.com, s'exerce au long-métrage, fonde une agence de mannequins et vend des *reality showx* aux télévisions américaines. « J'applique aujourd'hui les mêmes techniques entrepreneuriales que lors de mon passé criminel », déclare en 2015 le « crack » de la téléréalité, lors d'une conférence de presse à l'*Impact Hub* de New-York.

Toujours incarcéré, Charles Bronson, est le détenu le plus célèbre d'Angleterre. Ancien boxeur arrêté pour braquages, prises d'otages et demandes de rançons, il a été condamné à la perpétuité, en 2000, pour avoir tenté d'assassiner son professeur de musique en visite dans sa cellule. Suite à des manifestations sur les toits, des attaques répétées contre le personnel pénitentiaire et des tentatives de meurtre sur les autres détenus, il a été transféré plus de cent-cinquante fois en quarante ans d'emprisonnement. Au cours des dix dernières années, Bronson a publié onze livres et a remporté onze Koestler Trust Awards pour ses recueils de poésie. Celui qui dit effectuer deux mille cinq cents pompes tous les jours, a publié *Solitary Fitness*[1], un ouvrage qui développe les techniques de musculation en espace réduit. Il a également vendu pour un pont d'or son autobiographie. Le film *Bronson*, sorti en 2009, avec Tom Hardy dans le rôle principal, s'inspire de sa vie.

Tentation romanesque du crime, syndrome de l'omnipotence et attrait ambivalent du mauvais garçon, depuis les premiers films muets, cette fascination a toujours inspiré le cinéma qui s'est emparé des histoires criminelles. Dans son ouvrage *La mafia à Hollywood*, Tim Adler explique les mécanismes de cette fascination réciproque. « Le crime organisé offre de l'évasion en image. Fréquenter des gangsters, incarner leur histoire, c'est aussi pour les stars le moyen d'introduire le frisson du danger dans un monde fait de strass et de paillettes ». Alain Delon, pressenti un temps pour jouer dans *Le Parrain*, a d'ailleurs toujours affirmé avoir rêvé d'être un gangster. C'est ce que Friedrich Nietzsche appelle le syndrome de l'omnipotence.

---

1. *Solitary Fitness*, Charles Bronson et Stephen Richards, John Blake Publishing Ltd, 2002.

Atteint du « complexe du voyou », quel homme n'aimerait pas être Don Corleone ?

Du premier *Scarface*[1] à *Narcos*[2], le narcissisme contre l'envie de s'encanailler, le deal entre la mafia et le milieu du cinéma est gagnant-gagnant. Les gangsters fournissent des histoires excitantes à l'odeur de soufre, l'écran interposé offre la légitimité. Menacé de mort par la mafia en 2006, le journaliste Roberto Saviano, auteur de *Gomorra*[3] écrit dans *The Guardian* : « On a tendance à penser que le cinéma observe la mafia, en fait c'est le contraire. C'est la mafia qui regarde les films. Les chefs mafieux sont conscients que beaucoup de films ou séries s'inspirent du Milieu, ce qui les pousse à s'impliquer dans la production. De cette manière, ils biaisent leur portrait en leur faveur. Ils ont besoin des films pour montrer leur héroïsme, leurs victoires sur l'autorité. Les organisations criminelles, du Mexique à l'Italie, ont toujours regardé vers le cinéma pour raconter leurs histoires, pour avoir des héros à imiter et des codes à suivre. »

En 1932, Al Capone sera le premier gangster superstar. Comme une diva, il donne des interviews et des conférences de presse. Afin de s'assurer qu'il ne passera pas à l'image pour un bandit de pacotille, il envoie ses hommes de mains jeter un œil dans les coulisses des sociétés de production. Porté par le même narcissisme, à l'automne 2016, le narcotrafiquant Joaquín Archi-

---

1. *Scarface* est un film américain réalisé par Brian De Palma, sorti en 1983. Remake actualisé du *Scarface* de Howard Hawks sorti en 1932, il met en vedette Al Pacino dans le rôle de Tony Montana, petit gangster cubain émigré aux États-Unis qui va devenir au fil du temps l'un des plus grands trafiquants de drogue.

2. « Narcos » est une série télévisée américaine mise en ligne en 2015 sur Netflix. Loin d'un simple *biopic* de Pablo Escobar, les épisodes retracent la lutte acharnée des États-Unis et de la Colombie contre le cartel de la drogue de Medellín.

3. *Gommorra – Dans l'empire de la Camorra*, Roberto Saviano, Éditions Mondadori, 2006 – Traduit en français aux Éditions Gallimard en 2007. Roberto Saviano explore Naples et la Campanie dominées par la criminalité organisée, sur fond de guerres entre clans rivaux et de trafics en tout genre : contrefaçon, armes, drogue et déchets toxiques.

valdo Guzmán Loera dit « *El Chapo* »[1] rencontre l'acteur américain Sean Penn dans sa planque, au beau milieu de la jungle mexicaine. En cavale, il veut discuter du *biopic* en préparation qui lui est consacré. Péché d'orgueil, cette coquetterie imprudente lui vaudra son arrestation. Il sera extradé aux États-Unis en janvier 2017.

Source intarissable d'inspiration pour l'usine à rêve, le mythe joue aussi sur les téléspectateurs. La représentation des mafieux est glamour. Ils sont plutôt belle gueule, virils, parfois glaçants, voire sans pitié et, en plus, ils ont réellement existé hors légalité. Par télé-réalité interposée, le spectateur peut se projeter avec leurs crimes, sans pour autant se mettre en danger. En s'injectant de la testostérone par procuration, les hommes satisfont leur fascination pour l'interdit. Quant aux femmes, « *killer groupies* », l'attrait du « *bad boy* » est synonyme d'aventure. Robin des bois, il ouvre des perspectives excitantes en termes de fantasmes.

José Giovanni, condamné à mort pour extorsion de fonds et complicité d'assassinat, est devenu scénariste et romancier. Roger Knobelspeiss, ancien braqueur et ami de Jacques Mesrine, est devenu acteur et auteur à succès. François Villon, Jean Genet, Georges Arnaud, René Frégni ont connu la prison avant de devenir écrivains. Répondant à cette loi de l'offre et de la demande, écrire leurs crimes est leur encre. Dans cette reconversion, ils obtiennent le soutien des intellectuels français en vue et engrangent de plantureux gains.

Sensationnalisme librement exprimé ou censure, depuis quelques années, le législateur se pose la question de savoir si s'enrichir avec le fruit de ses crimes est légitime. *Avez-vous à le regretter ?* fait polémique en France, en 2002. L'auteur, Patrick Henry, a été condamné en 1977 à la réclusion criminelle à per-

---

1. Joaquín Archivaldo Guzmán Loera dit « *El Chapo* » est né le 25 décembre 1954. Mafieux mexicain, il est accusé d'avoir dirigé le puissant cartel de l'État de Sinaloa. Il est jugé en 2018 aux États-Unis. Son dossier d'inculpation comporte 290.000 pages et des milliers de documents audio et vidéo.

pétuité pour le meurtre, dans des conditions sordides, de Philippe Bertrand, un jeune garçon de sept ans. Au fil de ses écrits, l'homme, toujours détenu, relate son absence totale de remords et réécrit l'histoire du meurtre sous son prisme. Ses droits d'auteur pour livrer son cynique plaidoyer : cent mille euros. Indignation générale, c'est le livre de trop. Le scandale amorce le travail du sénat français. En 2004, un amendement est introduit dans la loi Perben. Il interdit à certains condamnés de publier un livre ou d'intervenir publiquement à propos du crime ou du délit qu'ils ont commis, tant qu'ils n'ont pas purgé l'entièreté de leur peine, au motif qu'il est choquant, pour les victimes, de voir se rengorger sur les plateaux de télévision des gens dont la seule gloire est d'avoir tué, violé ou détroussé autrui.

En Belgique, il n'existe aucune mesure de ce type à ce jour. Pour maître Alexis Ewbank, « toute la difficulté réside dans l'équilibre à respecter entre la liberté de création artistique, qui est un droit, et le respect incontestablement dû aux victimes ».

Un équilibre trouvé en droit canadien. L'ex-repris de justice peut écrire, publier, produire à l'image ce qu'il souhaite sur son parcours de vie, mais l'intégralité des bénéfices générés sont saisis et transférés aux victimes. « Cette nouvelle loi vise à trouver une juste mesure entre le droit à la liberté d'expression et le besoin d'empêcher les criminels d'exploiter économiquement leurs crimes. Éthiquement et moralement, il serait injuste de leur permettre de profiter financièrement de la douleur et de la souffrance qu'ils ont causées », précisent les attendus de la loi[1].

---

1. « Le présent projet de loi a pour but d'empêcher les criminels de tirer financièrement profit de la notoriété de leurs actes criminels » – Loi sur les profits découlant de la notoriété en matière criminelle, assemblée législative du Manitoba, 2014.

L'âge de pierre de la moralité

« *O tempora, o mores* »[1], les valeurs actuelles sont-elles plus mauvaises qu'autrefois ? La société de défiance contemporaine s'autodétruit-elle en s'actualisant d'une autre forme d'« éthique » ? Elle est, à tout le moins, en rupture avec les générations précédentes sur de nombreux points. Avec la mondialisation, le système de valeurs est moins dogmatique et largement moins fixé par la tradition. Pour intégrer les contraintes de notre époque, les mœurs sont « patchwork ». Sociologiquement, ce constat redessine aussi les contours de l'agir criminel.

Au XVIe siècle, le crime est à son apogée. Le meurtre et les violences physiques interpersonnelles ne sont pas rares. Nombre de citoyens se font souvent justice eux-mêmes. Entre 1600 et 1890, c'est l'accalmie. La vie sociale est « civilisée » par un cadre normatif fermé. Les gens sont plus sensibles aux besoins d'autrui. Le vol et les attentats à la propriété privée sont beaucoup moins courants qu'aujourd'hui. Il y a moins de voleurs et moins de bandes organisées.

---

1. « Autres temps, autres mœurs ».

Le XXe siècle marque un véritable tournant. « Dans les années trente, la fréquence des meurtres a une fois de plus recommencé à augmenter et cette tendance s'est depuis lors poursuivie »[1]. Les années quarante témoignent d'une dégradation générale des mœurs. Conséquence directe de la sécularisation, on passe d'une société qui établissait sans ambiguïté ce qui est moralement correct à une vision plus libre et plus individualiste. Les individus ont désormais la possibilité de choisir parmi plusieurs points de vue. La religion n'est plus considérée comme seul guide moral pour discerner le bien du mal.

Dans cette époque dynamique, un facteur essentiel à cette évolution est le développement technologique et économique rapide qu'a connu la société au XXe siècle. Sous la pression de besoins de plus en plus multiples, le moteur de l'économie de marché devient l'égoïsme et l'avidité. L'effet est dévastateur sur la moralité.

La culture médiatique est un autre facteur important qui contribue à l'évolution des mœurs durant la deuxième moitié du XXe siècle. Après les pamphlets du XVIIe siècle, après la radio, les nouveaux promoteurs de valeurs sont le cinéma et la télévision. « Nous quittons sans nous en rendre compte, l'âge de la démocratie représentative avec ses députés élus au suffrage universel et nous entrons, sans le vouloir mais pour longtemps, dans un nouvel âge de la démocratie, à la fois fascinant et inquiétant : la médiacratie »[2], souligne François-Henri de Virieu. Le monde de l'image devient force de coercition capable d'influencer l'opinion publique. Signe d'une crise des valeurs, l'action commerciale et le marketing l'emportent sur l'éthique. La manipulation de masse et son corollaire, la recherche de l'audience, est la préoccupation majeure. Avec un effet pervers de l'outil médiatique : le citoyen est déresponsabilisé.

---

1. *Histoire de l'homicide en Europe. De la fin du Moyen Âge à nos jours*, Dag Lindström, Paris, La Découverte, Recherches, 2009, p. 251-274.
2. *La médiacratie*, François-Henri de Virieu, Éditions Flammarion, Paris, 1990, p. 158.

Au tournant du XXIe siècle, l'insécurité redevient un sujet de préoccupation majeur. Le retour de la violence, médiatisée, politisée, prédomine dans les sociétés occidentales. La morale ne relève pas d'une création, elle est décision. Elle s'enracine dans l'histoire collective. Elle est transmission. La perte de repères hérités est érosion de l'équité.

Chacun met aujourd'hui en exergue ses droits, avant de se rappeler ses devoirs. Mieux vaut ne plus croire qu'en soi-même. Le refus de l'autorité caractérise les jeunes, tous milieux confondus. Ils sont des proies faciles, au cœur de la désillusion, le respect est une valeur ringarde qui influe sur les comportements délictueux.

La société « moderne » est marquée par un besoin de satisfaction immédiate. On change d'approche, comme on change de chemise, au gré des intérêts. Toute perspective est séduisante, pour peu qu'elle poursuive une satisfaction primaire, dans l'instantanéité. *Exit* les frustrations éducatives, plus d'efforts à devoir fournir. Plus elles sont séduisantes, plus les choses sont dues. Les frontières sont arbitraires.

Moins de valeurs refuges, diminution de l'engagement personnel, dommages collatéraux : les dégâts sont pluriels. Les jeunes sont en apparence moins contestataires, mais plus radicaux qu'ils ne l'étaient à la fin des années septante. Ne plus « s'engager » est perçu comme un refus de la norme. Avec *«Anonymous»* et consorts, la société se segmente en groupes de pressions corporatistes.

«Ego sum[1]*»*, c'est l'avènement d'une culture du « moi », de l'hostilité et d'un manque de confiance en la Justice. Les lois démocratiques sont remises en cause. La moralité régresse à son âge de pierre. C'est désormais un banal fait de société, les enfants quittent l'école à quinze ans pour aller faire la guerre en Syrie. En vingt ans, le nombre d'affaires judiciaires à traiter

---

1. « Je suis »

a triplé. La moyenne d'âge du premier délit est tombée à douze ans. Elle était statistiquement fixée à dix-sept ans au début des années 2000. De quoi livrer matière à s'interroger sur un monde en « devenir »...

Épilogue
Le trouble attrait du crime

Observateur extérieur, le journaliste d'investigation est, au confessionnal de l'information judiciaire, le « confident des mœurs ». Aller au-delà des faits commis, tisser des liens de causalité, trouver du sens, dessus et dessous, nourrit la frénésie que procure une enquête. La collecte de la matière alimente l'adrénaline. Calepin sous le coude, à pénétrer, pour le sonder, un monde de criminels, d'avocats véreux, de juges corrompus, de commissaires ripoux, d'infiltrés, de repentis, le retour à la normalité est angoisse pressentie.

Cette ambivalence émotionnelle entre le bien et le mal est fondatrice de l'individu. « L'avènement de la conscience morale et l'accession au sentiment de responsabilité de ses actes n'annihilent pas cet attrait ».[1] Dans l'acception freudienne, enfreindre les règles est intrinsèquement jouissif. Pour ces têtes brûlées, la recherche d'une montée d'endorphine est le point de convergence. Proximité presque fusionnelle entre justicier et bandit, entre l'Ordre et la descente aux enfers, il faut choisir.

---

1. *Imaginaire et inconscient – conjurer le mal*, Alain Bouregba, Éditions L'Esprit du temps libre, 2008.

L'ordre social est, par essence, camisole de force collective. Dans un hôtel, numéros de chambres, *check-in*, *check-out*, tout est codifié. En créant une subversion du territoire, «la vie dans un motel et la singularité des lieux abandonne l'idée de domestication du condamnable»[1]. La clandestinité devient charme obscur, goût des marges, flirt avec l'interdit, une zone disponible à une spontanéité débridée. Pas d'estampillage. Les rapports sont dérégulés. La logique des comportements échappe aux grilles de lecture communes. Désengagement, la vie délictueuse apparaît moins rugueuse et surtout plus fantasques. Au tournoi du risque, c'est le grand *chelem*!

Refus de rentrer dans le rang, un crime se commet par penchant irrésistible pour cette configuration. Plus le crime est grand, plus celui qui l'a commis a dû se déplacer hors du champ pour étouffer bon sens, sensibilité morale et remords.

Les affects sont culturellement subjectifs, le monde ne se réduit pas à un rapport binaire entre vice et vertu. Côté commissariat, côté «case prison», le flic comme le voyou affirment leurs propres codes «éthiques». Perméabilité des rôles, esprits de «corps», les règles du Monopoly géant changent au gré de l'évolution des pions. Force est de constater que la valeur de l'exemple ne vient pas toujours d'en haut. Le bon peut ainsi tour à tour rester bon, comme devenir taupe ou... truand.

Les notions «raisonnables» de perfection et d'imperfection ne sont que des fictions sociétales contre nature introduites par les hommes. La raison gouverne l'homme par nécessité de cohabitation. Ce pourquoi, lorsqu'il évoque les concepts moraux, Spinoza[2] affirme: «Par bien et mal, j'entendrai ce que nous savons avec certitude être un moyen d'approcher ou de s'éloigner du modèle de la nature humaine que nous nous proposons».

---

1. *Lieu-commun, le motel américain*, Bruce Bégout, Éditions Allia, 2003.
2. *Éthique*, Baruch Spinoza, Éditions du Seuil, Paris, 1988 – Date de publication originale: 1677.

ÉPILOGUE

C'est un constat séculaire : la norme imposée demeure, dans ses fondamentaux, un « sédatif relatif ». Si la raison n'était jamais subjuguée par l'attrait d'une mauvaise action, selon que l'on se rapproche ou que l'on s'éloigne du normatif, les peines pénales afflictives seraient inutiles. *A priori* effrayantes, elles sont balises. Elles rappellent aux routards du crime que le numéro de chambre renié, peut se muer, frein couperet dans la course à la noirceur assumée, en numéro de cellule...

« Mes actes sont condamnables, je le sais.
Mais je l'ai voulu ainsi. C'est sans regrets. »
(Jean-Claude Deffet)

Postface

Par la loi du 6 janvier 2003 concernant les méthodes particulières de recherche et quelques autres méthodes d'enquête, appelée ci-après « MPR », le législateur a voulu mettre en place un cadre clair pour l'emploi de techniques de recherche « secrètes ». Cette loi porte entre autres sur les méthodes utilisées par la police pour le travail avec des informateurs, l'infiltration et l'observation (méthodique). Le caractère particulier de ces méthodes tient essentiellement au fait qu'elles peuvent porter préjudice aux droits et libertés fondamentaux du citoyen et aux principes fondamentaux du droit pénal.

À l'époque, le contrôle initialement prévu par le législateur sur l'application de la « loi MPR » a été qualifié d'insuffisant par la Cour d'Arbitrage (devenue Cour Constitutionnelle). C'est pourquoi une loi dite « de réparation » a prévu un contrôle judiciaire par la chambre des mises en accusation pour les méthodes d'observation et d'infiltration. Lorsqu'une enquête réclame des méthodes particulières de recherche, il est alors fait usage d'un « dossier confidentiel secret », qui n'est accessible qu'à un nombre très restreint de magistrats. Il demeure secret tant pour les parties impliquées, par exemple la défense ou la partie civile éventuelle, que devant le juge du fond. Par conséquent, ces derniers sont dans l'impossibilité d'en prendre connaissance ou de le consulter. Le but de la confidentialité de ce dossier consiste à tenir secrètes tant les tactiques appliquées par la police que l'identité des exécutants ou d'autres sources d'information. Le contrôle par la chambre des mises en accusation fait donc face à l'épineux problème que le contenu du dossier confidentiel ne peut être soumis à un débat contradictoire.

Depuis l'introduction de la loi MPR, le cadre légal a entretemps fait l'objet de plusieurs procédures de juridictions supérieures. Mais sans revoir, jusqu'à présent, les principes sur lesquels la législation a été bâtie, et donc le contrôle prévu.

La Convention européenne des droits de l'homme (CEDH) a également un impact important sur la loi portant sur les méthodes particulières de recherche, précisément parce que celles-ci peuvent menacer les droits et libertés fondamentaux du citoyen. La loi MPR doit donc être évaluée à l'aune de plusieurs principes repris dans la CEDH, et notamment l'article 6 qui traite du droit à un procès équitable.

La Cour Européenne des Droits de l'Homme accepte l'emploi de méthodes particulières de recherche pour combattre la criminalité organisée. L'usage de ces méthodes, et en particulier de l'infiltration, n'est par définition pas considéré comme étant incompatible avec le droit à un procès équitable. La Cour Européenne des Droits de l'Homme s'oppose toutefois à des actes de provocation de la police. Par son arrêt « Teixeira de Castro v. Portugal », la juridiction de la Cour a constaté qu'il y a violation du droit à un procès équitable garanti par l'article 6 de la CEDH lorsque des éléments de preuve sont collectés au moyen d'actes de provocation de la part de la police.

La Cour a également jugé nécessaire, au vu des risques d'incitation de la police, de fixer des limites claires à l'emploi de méthodes particulières de recherche pour l'infiltration. À cet égard, elle définit ainsi les actes de provocation de la police :

"Police incitement occurs where the officers involved – whether members of the security forces or persons acting on their

> *instructions – do not confine themselves to investigating criminal activity in an essentially passive manner, but exert such an influence on the subject as to incite the commission of an offence that would otherwise not have been committed, in order to make it possible to establish the offence, that is, to provide evidence and institute a prosecution."*

Par l'arrêt « Ramanauskas », la Cour Européenne des Droits de l'Homme se prononce pour la première fois sur la preuve de la provocation. C'est à la partie demanderesse de prouver qu'il n'y a pas eu de provocation le cas échéant : *"provided that the defendant's allegations are not wholly improbable."*

Entre-temps, la Cour Européenne des Droits de l'Homme a estimé à plusieurs reprises que le résultat d'une provocation de la police entraîne la nullité des poursuites et qu'une réduction de peine ne suffit pas à faire disparaître le manquement. En d'autres termes, le suspect ne peut être condamné si l'on peut prouver qu'il y a eu incitation de la police.

Dans l'exercice de sa compétence légale de contrôle, la chambre des mises en accusation, qui intervient suite à l'application d'une méthode particulière de recherche comme organe de contrôle judiciaire indépendant, examinera certainement le dossier confidentiel à l'aune de la jurisprudence de la Cour Européenne des Droits de l'Homme. Mais il faut se demander s'il est toujours possible de constater si les règles du cadre légal existant ont été correctement respectées uniquement à partir du dossier confidentiel. La mainmise sur ce dossier revient en effet à la partie qui entame les poursuites, c'est-à-dire le Ministère public. On ne peut donc jamais exclure qu'un fonctionnaire de police, par zèle ou envie de s'illustrer, éventuellement avec l'assentiment du Ministère public, puisse attirer une cible à commettre un méfait. Et c'est d'ailleurs particulièrement difficile à contrôler, et *a fortiori* à prouver.

Peut-on être assuré à 100 % qu'une enquête recourant aux méthodes particulières de recherche par l'infiltration se déroule de façon correcte ? Probablement pas ! L'auteur de cet ouvrage démontre dans tous les cas que ce sujet demeure ouvert au débat et qu'une attitude plus critique du législateur ne serait certainement pas inappropriée.

Kris DAELS
Master of Laws
Enseignant en méthodes particulières de recherche

Sources et entretiens

Jean-Claude Deffet, ancien braqueur, ennemi public n°1

Maître Étienne Gras, avocat pénaliste au barreau de Charleroi, conseil de Jean-Claude Deffet

Maître Alexis Ewbank, avocat spécialisé en droit des médias au barreau de Bruxelles

Maître Alexis Deswaef, avocat et président de La Ligue Belge des Droits de l'Homme

Maître Georges-Henri Beauthier, avocat pénaliste au barreau de Bruxelles

Kris Daels, professeur à l'École de police, ancien agent de renseignement opérant sous le nom de code « Alpha 20 », auteur de *Alpha 20, un agent secret belge raconte*, Éditions Jourdan, 2014

Guido Van Rillaer, directeur de la cellule Personnes disparues et restes humains à la Police Fédérale

Affaires Deffet – PV et pièces de procédures

Archives privées – Jean-Claude Deffet et Jocelyn Meganck

Jean-Claude, Jocelyne et Cindy, 2018.

DU MÊME AUTEUR

Ma liberté d'expression et eux, Éd. du Cep (2015)

Case prison, un jeu d'échec, Éd. Academia-L'Harmattan (2016)

Affaire Wesphael : présumé coupable, Éd. Now Future (2016)

L'Affaire Lhermitte – Chronique d'un drame annoncé,
Éd. Renaissance du Livre (2017)

Prostituées alimentaires – Épouses, mères étudiantes,
Éd. La Boîte à Pandore (2017)